芝麻那点事

王树国 著

北方文艺出版社
哈尔滨

图书在版编目（CIP）数据

芝麻那点事 / 王树国著. -- 哈尔滨 : 北方文艺出版社, 2025. 4. -- ISBN 978-7-5317-6578-3

Ⅰ. I247.7

中国国家版本馆CIP数据核字第2025V4Y857号

芝麻那点事
ZHIMA NADIANSHI

作　者 / 王树国	
责任编辑 / 滕　蕾	封面设计 / 罗佳丽
出版发行 / 北方文艺出版社	邮　编 / 150008
发行电话 / （0451）86825533	经　销 / 新华书店
地　址 / 哈尔滨市南岗区宣庆小区 1 号楼	网　址 / www.bfwy.com
印　刷 / 廊坊市伍福印刷有限公司	开　本 / 880mm×1230mm　1/32
字　数 / 112 千	印　张 / 7
版　次 / 2025 年 4 月第 1 版	印　次 / 2025 年 4 月第 1 次印刷
书　号 / ISBN 978-7-5317-6578-3	定　价 / 68.00 元

酸甜苦辣皆是歌

美的文字是蓦然回首惊现的风景，是沙漠旅人口渴时突然遇见的清泉，让人觉得世界因此而更加昂然和澄明。作家不应是码字匠，不应是美词丽句的堆砌者。作家是有灵魂的，应该以一种干净的心气，责任的担当，举起手中的火炬，哪怕是一盏微弱的油灯也行，即便光亮微弱，人们仍会对他们充满崇敬——这是我读了王树国小说集油然而生的感想。

王树国的这部小说集，既有绝句小说、闪小说，也有短篇小说。王树国是一名正高级教师，所以他写的小说多取材于教育方面，他用心用情书写教育方面的人和事，既有赞美讴歌，亦有讽刺揭露。比如《张老师选婿》《还是教书好》《老师陪你》《老师的面子》《听课》《逃学》《校长的心结》等。王树国从一开始，写作的路子就很端正，他细致地观察着社会、观察着生活，观察着身边每一个人、每一件事，敏锐捕捉新的信息，匠心独运地构思成一篇篇小说，这些小说写亲情、写爱情、写友情，写人性，写世俗，看似平淡，其实深刻。有对社会现实的透视和忧虑，有对人间烟火的飘忽即逝、喜悲转换的感慨，还有对身边人和事入木三分的剖析。也许你读了王树国的这些小说，不觉得神奇，甚至有些平淡，但其实很不简单，往往是平中见奇，写的是小人物、小事件，看似芝麻那点事，反映的却是大主题，揭示的是人性。因为平平淡淡才是真，酸甜苦辣皆是歌。

王树国是云南省作家协会会员、云南省民间文艺家协会会员、中国微型小说学会会员、中国小说学会会员，他深知小说倡导风俗教化，劝人向善，给人启迪，追求真善美，鞭挞假恶丑。所以，他关注的是普通百姓的生活，反映的是百姓心声，弘扬正气，抨击丑恶。其文字如同他的生命一样，顽强、乐观、向上，传递给人的尽是满满的正能量。在他的人生岁月里，文字带着爱和阳光，照彻着他的人生，融入他的生命。他总是忙中挤空，勤奋耕耘，迈开记忆的步履，展开想象的翅膀，捡拾生活中的点点滴滴，哪怕是一抹笑靥，一丝温情，一声叹息，抑或心底的笑声，眼里流淌的泪水，都成了他小说的素材。

"为伊消得人憔悴,衣带渐宽终不悔"。王树国以超强的意志,不知疲倦地创作,他的生命列车一直在文学的轨道上隆隆向前,一个个晨曦迎来,一个个夜晚送走。他从容又艰难地递进,把清浅的时光、追寻的足迹、幽幽的情感、社会的担当,深深刻入脑海,最终形成小说。王树国这部小说集中的部分小说,既从国内小说名家作品中汲取了丰富的营养,又融入了时代的精神;既有较强的思想性,又有较高的艺术性,主要有以下特色:

第一,善于以小见大。这部小说集以5篇绝句小说打头阵,好像5名幼童迎面走来,让人耳目一新,让读者读后感觉春风扑面、沁人心脾。绝句小说有别于小小说、微小说,是一种介于小说和诗歌之间,分支流变,别开生面,前无范文和范例,独立独创的韵文风格、小说格式的新文体。相对于小小说、微小说、百字小说来说,绝句小说是一种全新的文体,它的基本特点和最大区别,就在于字里行间具有绝句风格的韵律感。它的特征不仅仅是精短,还务必具有内在的音韵美和节律美。没有一定的功底,根本写不出绝句小说。从王树国这5篇绝句小说中,就能看出他是文学写作的"多面手",不仅能写小说,更擅长诗歌写作。

王树国的微小说,善于在很不起眼的小事中,反映出生活的真实面貌，或引出一个重要的社会问题。如《去姑妈家拜年》写大年初二"我"带着妻儿到乡下姑妈家，因为两年没去姑妈家了，误认为姑妈还住在坡头上村，谁知费了半天劲爬山上坡，才知道姑妈和全村人早已搬到山脚下美丽家园示范村。小说用简洁的文字，不动声色地揭示出改革开放后中国农村的巨大变迁和农民生活水平的提高。再比如《带儿子回家》写"我"带着儿子浩浩回乡下老家，儿子看到麦田里绿油油的麦苗，竟然说是韭菜。城里的孩子不认识庄稼，听起来好笑，细思却让人感到悲哀和忧愁。这篇小说揭示了我国当前一个极为普遍的社会现象，那就是只注重抓孩子的学习，而忽视培养孩子其他方面的能力，让世人警醒。《豪宅女盗》讲述一个独居豪华别墅的老太太，每天都到水果市场偷盗水果，最终被派出所抓获。女儿怀疑老母亲有病，便带着老人去医院检查。医生说这是老龄人易患的孤独恐慌症。女儿问需要开点什么药，医生的回答让人泪目：无须用药，只需陪伴。我国已经进入老龄化阶段，全国各地都有老人独居，有的甚至病死在家中多日都无人知晓，这是一个很普遍又难解决的问题。作家王树国敏锐地捕捉了，并把它写出来，很有社会意义。

　　第二，善于巧妙地运用"欧·亨利"式的结尾。欧·亨利式结尾是一种文学技巧,这种结尾方式的特点是在情节的结尾处突然让人物的心理情境发生出人意料的变化,或者使主人公的命运突然逆转,出现意想不到的结果。这种结尾既在意料之外,却又在情理之中,给人以出乎意料的感觉,又不得不承认它的合情合理。欧·亨利式结尾能够更好地刻画人物形象,丰富故事的内容,使作品更具吸引力,更能彰显作品深度。王树国的大部分小说,都运用了这种手法。比如《串门》写钱四见妻子不喜欢打扮,不喜欢收拾家里的摆设,儿子迷恋玩手机,便隔三岔五拉着妻子儿子到李四家串门。看到这里,读者都为钱四的做法感到不可思议,认为他破罐子破摔了。没想到小说的结尾,妻子讲究打扮了,喜欢收拾家了,儿子也放弃了玩手机,爱上了看书写作业。原来,李四的妻子喜欢打扮,更喜欢收拾家,李四的儿子从不玩手机,而是喜欢看书写作业。真可谓:近朱者赤,近墨者黑。小说平淡却令人思绪延宕,让人拍案叫绝。

　　王树国这部小说集,每篇都独具匠心,每篇都有嚼头。故事情节曲折生动,跌宕起伏,环环相扣,人物形象深刻鲜明,栩栩如生。在不同的人物眼里,看似芝麻那点事,其实隐喻不见相同。统观其作品,小说源于生活而高于生活,必须经过精雕细琢,才能打造成精品,可见作者的匠心独运。

梅花香自苦寒来,宝剑锋从磨砺出。相信树国经过不断的努力,会在创作上有更大的进步!

是为序。

李晓玲

目　录

秋　思 …………………………………… 001

绝命呼唤 ………………………………… 002

雪　花 …………………………………… 003

雪　夜 …………………………………… 004

女村长 …………………………………… 006

寻子启事 ………………………………… 007

张老师选婿 ……………………………… 009

真情流露 ………………………………… 011

去姑妈家拜年 …………………………… 013

别总这样说 ……………………………… 015

串　门 …………………………………… 017

给娘做媒 ………………………………… 019

手　术 …………………………………… 021

算　账 …………………………………… 023

证　据 ……………………………………	025
你咋不早说 ……………………………	027
美丽的邂逅 ……………………………	029
报告会 …………………………………	031
守护人 …………………………………	033
羊老倌 …………………………………	035
有其母必有其子 ………………………	037
缘　分 …………………………………	039
人之常情 ………………………………	041
打　工 …………………………………	043
平　衡 …………………………………	045
算　计 …………………………………	047
还是教书好 ……………………………	049
回家过年 ………………………………	051
别把儿子教坏了 ………………………	053
我要做好汉 ……………………………	055
带儿子回家 ……………………………	057
为自己活一回 …………………………	059
老师陪你 ………………………………	061
那位大叔就是他 ………………………	063

妈妈，欢迎您回家	065
父亲的传家宝	067
幸与不幸	069
老师的面子	071
婆婆也是娘	073
"名人"包陈诚	075
豪宅女盗	077
游 戏	079
临终寄语	081
小镇故事	083
逃 学	085
长寿村	087
老 娘	089
活 着	091
期 待	093
母亲的遗愿	095
三喜临门	097
年前入户	099
催儿子回家过年	101
见面礼	103

任　性	105
年　味	107
一张纸条	110
散　步	114
爱到深处	118
兄　弟	122
听　课	127
妈妈的电话	133
老鸹与柿花	137
云端茶缘	140
孙子，别怪爷爷	144
一张通知书	148
刻像思母	152
校长的心结	155
娘的猫	158
胎　记	160
莲　花	164
芝麻那点事	167
绿色的爱	171
我的亲爷爷	176

遥望星空 ………………………………… 179

为爱而生 ………………………………… 187

后　记 …………………………………… 205

秋　思

秋风送爽，杏叶沙沙作响。同事、朋友，纷纷临产，莲凤生老二的念想，像空中的杏叶飘荡。

夫妻商量：不生，心里发慌；生，像领孙子一样。

夕阳西下，薄衣轻装，莲凤的心里发痒。夜幕降临，星星布防，玉树一阵躁狂。星星的眼睛一闪，收获了满满的希望。

老树发芽，稚嫩难养。四十出头的女人怎能和年轻人一样？B超显示：子宫肌瘤，压迫着孩子的生长。

一阵微风吹过，撕碎了片片金黄。玉树四肢酸软，眼前一片迷茫。莲凤僵在床上，眼泪淹没了太阳。

子宫切除，孩子流产，生老二彻底无望。

生死较量，莲凤释然，儿子的成长、家庭的安康，才是心中的希望；抹一把眼泪，静静疗养。

落叶不再轻狂。幸福像秋水，轻轻荡漾。秋的思念，渐渐淡忘。

绝命呼唤

雷电撕扯着乡村，大地无奈卸下浓妆。

暴雨如注，苍宇迷茫。"泥石流，大家快跑。"老王拽着老伴挨家挨户呼喊，惊醒沉睡的村庄。

村民扶老携幼，奔命逃亡。

山体滑坡，房屋塌方，老伴不慎跌倒，拼命呼号："别管我，快跑，这是最后的希望。"老王模糊的视线里满是流淌的泥浆，雨水洗刷着面庞的绝望，家没了方向。

泥流中的茅草屋翻卷着悲伤，老王的泪水淹没了河床。如丝念想，快刀难斩，磕磕烟袋，独自爬上山岗，"孩子他娘，你一路走好，我们救了同乡，也算感动上苍。"又一声"呼唤"在山间回荡，思念的情怀渐渐释放。

装一箱泥土，捧着老伴的遗像，嗅着故土的芳香，村民簇拥着走进新房。

雪　花

寒风赶着雪花，飘落在腊月初八，在一对新人的心中融化。她美丽动人，他风流潇洒。

一年后，他们生了个女娃，名叫雪花。日如流沙，娇女长大，貌若天使，妩媚羞答。

同学、老师、同事、领导，不是点赞就是夸。讨好、喜欢、爱慕、追求，身后的男孩一打接一打。

和风送暖，春雨洗刷。雪花的爸，不甘清贫，下海的风浪席卷了他。爸爸很少回家，她的梦中全是牵挂。大学时，妈妈才告诉她，爸爸嫌她是个女娃，早已离开妈妈和她。

雪花惊愕，这世道实在奇葩。妈妈如此优秀，爸爸怎能把她抛下！雪花的内心深处结下了一个不解的疙瘩。

男大当婚，女大当嫁。雪花始终没让父母亲友把心放下。她说，雪花要是有了家，且不马上融化。

雪　夜

二十年前，秀温婉聪慧，俊英俊潇洒。飞雪的夜晚，两人在小竹林幽会，追逐挑逗，银铃般的笑声融化了飘落的雪花。

二十年后，幸福的雪花化为泪花，浸透了灵魂的坑坑洼洼。

秀说："想当初，你信誓旦旦，如今深更半夜才回家。"

俊说："你天天唠叨，我不如这不如那，你说我回家干啥？"

秀说："你若让人满意，谁还叽叽呱呱？"

俊说："最初你把门反锁，我哪能回家？后来你开着门睡，是不是另有其他？"话音未落，一记耳光打歪了秀的下巴。

憋屈的女儿指着爸："你欠债一大堆，赌鬼加醉鬼，给我的是羞愧，给妈的是眼泪，失去的是一个完整的家。"

俊叫着女儿的名字，扑通下跪，泪如雨下。

秀半捂着熊猫眼，寻着女儿的脚印，叫着女儿的名字滚爬。

女村长

　　凤姐脊背冒汗，肌肤瘙痒，抱怨着疯狂的太阳，刨一锄地，由衷感叹：老祖宗说了，靠山吃山，如今想活出个人样，那就办个执照，开个煤矿。老公兴奋地竖起拇指说，俺家里的有主张。

　　十年辛酸，凤姐的生活河翻水涨。她说，做事要有担当，保证安全，保住青山，等于进账。荒凉的大山让凤姐改变了模样。村长投以不屑的目光，凤姐坚定了竞选的愿望。

　　村委换届，凤姐闪亮登场，她发表了直击人心的演讲。春风荡漾，民心所向，她顺利当选村长。

　　凤姐规划，修公路、建公园、盖学校，整村搬迁，整合资金，发展产业，十年圆了美丽家乡建设的梦想。

　　夕阳映照，登楼纳凉，凤姐两眼注视前方，无法掩饰的白发，伴随红绸丝巾迎风飘扬。

寻子启事

那天晚上,县电视台播出一则寻子启事:张老五,男,张沟村人,70岁左右。头戴青布帽,身穿青布中山装、青布裤、解放鞋,一口本地方言,疑似患有老年痴呆症,来县城寻子,下车后分不清东西南北,不知儿子的家住哪里。一连三天,老汉白天在客运站周围转悠,晚上躺在客运站候客厅的油布上,身体虚弱。望张老五的儿子看到启事后速与汽车站联系,联系电话138×××2345。

寻子启事播出不到半小时,两辆电瓶车停在了客运站门口,急匆匆下来三个人。

一个三十多岁的青年气势汹汹地说:"谁是这儿的头?是谁让你们胡乱播的寻人启事?说我爹下车后分不清东南西北,不知儿子的家住哪里?你们这不是遭贱人吗?得赔我们的名誉损失费一万元!"

一个年逾四十的男子恶狠狠地说:"这不明摆着侵犯

我们兄弟的名誉权吗？一旦我们村的乡亲们知道这件事，我们的脸往哪儿搁？你们必须承担一切责任！赔偿我们名誉损失费一万元！"

最后下车的矮胖男子一本正经地说："你们用词不当，说我爹疑似患有老年痴呆症。你们这是侮辱我爹的人格！必须赔偿精神损失费一万元！"

这时，那个老汉突然声泪俱下："你们真是穷疯了，你们的面子值钱，老子的面子不值钱？老子在家时你们不过问，人家好心帮我播个启事你们就受不了了！我没有你们这样的儿子！"

第二天晚上，县电视台播出一则新闻：我县七旬老汉张老五向敬老院捐款五十万元。

张老师选婿

张老师的女儿,三十出头,尚无男友。

张老师想了一个自认为比较时尚的办法,在征婚网给女儿发了一则启事,留下自己和女儿的联系方式。

三天后,张老师看看照片又读读回复,忙得不亦乐乎!

一天晚上,张老师正准备去报告女儿时,女儿敲开了他的门,直截了当地问:"爸,你选中了吗?"

张老师开心地点开选中人的照片和应征材料就说:"乖女儿,你看,这个人不错,条件也蛮好的,还有……"还没等他说完,女儿就不耐烦地说:"爸,你慢慢陶醉吧,我都看了,反正一个也不中意。"说完,扭身走了。

几天后,张老师又想了一个办法,每天准时去婚介所,挑了几天,联系上一个有房有车的科研干事,约定在玫瑰大酒店与女儿相见。女儿回到家,还不等张老师开口,便说:"你选的这人,驼背、近视、古板,说话细声细气,一点幽默感都没有，我能跟这样的人生活一辈子吗？"

张老师叹了一口气。

第二天，张老师与同事在课间聊天时，同事问起女儿的婚事，张老师一个劲儿地叹气。娜娜老师问他："你还记得政府办那个马帅吗？"张老师说："马帅不就是我们当年的得意门生吗？娜娜，我们眼里的那些'好孩子'，其实就是不惜以失去一切为代价换取高分的人。这样的人我可接受不了啊！"更何况还有女儿那一关。

不出所料，张老师回家跟女儿一说，女儿就嚷起来："别烦了，爸，你想找谁你就找吧，反正我不管了。"张老师一时缓不过气来。

春节当晚，女儿带着刚离婚的李副县长来家过年。

真情流露

陡坡村有个叫豆花的女人,从小缺爹少娘,生就一双"O"型腿,嫁个男人是瘸子,先后生了五个孩子,生活很是艰难,几十年来,以哭营生。

因为她的哭让人揪心,所以乡里乡亲都说她哭得比唱得还好听,并且很灵验。一副满脸沧桑的哭相,见了她的人陡生怜悯之心,几乎都想哭。正如她哭丧一样,是男哭爹是女哭娘,像死了亲爹亲娘似的,伤心至极,让人听了就跟着流泪。

她之所以哭,而且哭得那么动情,是因为她的生活中储存了太多的苦,蓄积了太多的泪。

她没有别的营生。哭丧,成了她全家五口唯一的生活来源。为了这个家,为了儿子能找个媳妇,她说,她不能停。

三十年关,豆花到十多里的一户人家哭丧,哭完就直奔山街子,忙着买年货回家过年。刚看好年货,口袋里的钱不翼而飞。她坐下就哭，人们把她围在中间，议论纷纷。她嘶哑地哭喊着："是哪位偷了我的钱啊？这可是哭丧钱啊，一滴泪一分钱换来的啊，拿了这哭丧钱能安心过年吗？……"一个中年男子，长长的头发半遮着脸，面部挂着几颗泪珠，"扑通"跪在她面前："姐，别哭了，给你的钱，我也想过个安心年！"

晚上，儿子带未婚妻来家过年，高兴地等娘回来。

豆花回到家，儿子说："娘，我给您带儿媳妇回来了。"豆花努力了半天，竟然一丝笑容也挤不出来。她一张嘴："哎呀，我的……"赶紧闭上嘴，眼泪却止不住地往下流。

儿子看到娘的眼泪，又看看女友，忙说："我妈是太激动了。"

去姑妈家拜年

一家人正吃着早点,妈妈试探着说:"今天是大年初二,你们都快两年没去你姑妈家了,应该去给你姑妈拜个年。"我不情愿地"嗯"了一声。

爸爸说:"再不走走,亲情都给你们淡忘了。"

我说:"去就去呗,正好带孩子去体验体验生活。"

儿子噘着嘴说:"姑奶家,啥破路啊,还要爬山,她家的小黑板凳会硌屁股。"

妻子补了一句:"姑妈家那村子叫坡头上村,路不难走才怪,记得第一次去,皮鞋跟崴掉了,太丢人了。"

我半开玩笑地说:"人在路在,今天就委屈二位,上车。"

在坡头上村山脚下停好车,我们开始步行。费了好长时间,终于进村,老远看去,村里一片荒凉,没有鸡鸣狗叫声,更没有看到进出的人群。我有些不敢相信自己的眼睛。

我拨通表哥的电话,他说:"我们村子搬到山脚下了,叫山脚下美丽家园示范村,村口有路牌。"

我看看妻子,又看看儿子,说:"才两年的时间,坡头上村就消失了。刚才停车那儿就是山脚下美丽家园示范村啊!"

儿子看看我,做了个鬼脸,大声说:"我爹也有找不到北的时候。"妻子说:"早该走动走动了,农村变化这么快,我们都跟不上步伐了!"

等我们气喘吁吁赶回停车的地方时,表哥早在那里等着我们了。

进了姑妈家,表哥看我们惊奇的样子,调侃地说:"不像过去了,现在啥都有,水通路通电通网络通,政府补助六万元,贴息贷款六万元,自己出两万元,就能搬进新房。你们就放心在这儿住几天吧!"

儿子忙问:"你们家的小黑板凳还在吗?"

别总这样说

淡淡的月光下,两个刚离异的孤男寡女在公园的角落相遇。男人说,你好,有心事吗?女人说,你不也一样吗?两颗孤独的心撞击在一起。

一个月后,男人和女人结婚了。

男人爱潇洒,女人爱漂亮。情趣爱好渐渐凸显,白领收入难以满足。

三个月后,女人说,我们离婚吧,这日子没法过!

男人笑笑,离就离,谁怕谁!房给你,车给你,但你不能不请我当保姆,你去哪我也去哪!

女人刚喝进去的水喷了一地!然后走了。

男人问,婆娘,你去哪?

女人诡异地一笑,去买菜,做你爱吃的红烧肉!

男人说,我陪你!

女人问男人,为什么每次吵架都让着我?

男人说，我一米七，你一米五，跟你吵架能不低头吗？

半年后，女人说，我们离婚吧，这日子没法过！

男人犹豫，离就离，谁怕谁！房给你，车给你，但你可以请我当保姆，你去哪我也去哪！

女人刚喝进去的水喷了一地！然后走了。

男人问，婆娘，你去哪？

女人诡异地一笑，去买菜，做你爱吃的红烧肉！

男人说，我陪你！

女人问男人，为什么每次吵架都让着我？

男人说，女人不就是用来哄的吗？

今天，女人说，我们离婚吧，这日子没法过！

男人严肃地说，别总这样说，离就离，谁怕谁！房给你，车给你，我走人。

女人"啪"一下摔碎手中的杯子！然后走了。

男人问，你去哪？

女人说，去哪你管得着吗？

男人说，以后别总这样说"我们离婚吧"。

说着说着，男人和女人真离了。

串 门

钱四像个娘们似的,出门前总要去镜前照照,用手抓抓头发扯扯衣领,反复告诉孩子:"你一天到晚别总是抱着手机。"吃完饭,有事没事就喜欢串门。

钱四媳妇也常唠叨:"人串门子口舌多,狗串门子是非多。你在家看看电视不行吗?"钱四说:"老婆,我真想带你一起去呢。"嘴里说着,伸手拽着老婆就去李四家串门。

一进李四家,钱四媳妇站不是坐不是,好大一个不自在。李四媳妇客气地叫钱四媳妇坐。钱四媳妇说:"嫂子,你把家收拾得整整齐齐,像你一样讲究,我都不好意思啊!"钱四说:"媳妇,别不好意思,既然来了就坐嘛。"钱四媳妇瞅了一眼,脸一红,不自觉地坐下和李四媳妇聊起家务事来。

钱四两口子串门回来,儿子竟然还在玩手机。钱四就说:"儿子,你在家不安心做作业,明晚带你去你赵叔家串门。"

钱四带着儿子去了赵四家。一进赵四家门,赵四的儿子正在做作业。钱四儿子就跑到赵四儿子书桌旁,开始讨论作业。

隔三岔五,钱四要么带媳妇出去串门,要么带儿子出去串门。

慢慢地,钱四发现,自己的妻子学会了讲究,爱上了打扮,爱上了收拾。儿子也爱上了看书做作业,成绩一天天好起来。

一天,钱四摸摸儿子的头,看着老婆笑笑说:"老婆,你现在明白我为什么喜欢串门吗?"

给娘做媒

阿山一家外出打工，他总是牵挂着一个人在家的母亲。

阿山春节回家，急匆匆推开门，见张叔正在接电线。阿山心里一惊，问："怎么是你啊，张叔？"

张叔说："你娘说你们要回家过年，今天一大早给我带信，说你家里电灯不亮，我就过来了。她刚出去，说是要买一个瓦数大的灯泡亮堂些。"

阿山说："娘从来没打电话说家里有啥事啊？"

张叔说："老人不说，是怕你们担心！"

阿山媳妇把阿山拉到一旁，瞟一眼张叔，把嘴凑到阿山的耳边，嘀咕了几句，说："我去找娘，你陪张叔聊天。"

阿山正说着话，张叔冲好一杯茶水递到阿山手里说："孩子，你们出去的一年，你娘不是风湿病发就是犯胃病。这不，我隔三岔五要过来看看她。"阿山说："张叔，谢谢你！我娘一人在家，多亏有你啊！"

阿山媳妇和娘回到家时，看阿山和张叔聊得火热。阿山媳妇说："张叔通情达理，做人诚实，有他帮助，我们在外打工放心了！"

阿山说："爹在临终前把我们娘儿俩托付给张叔，这些年来，张叔对我们一直不错啊！"

娘说："你爸那个死鬼，丢下我不管，你们在外打工，我在家里遇事也没个人商量，你张叔确实是个好人，你张婶去得早，他也不容易啊！"

阿山看了一眼他媳妇，他媳妇会意地眨一下眼说："娘，我们这次回家过年，正想和娘商量个事……"

娘急切地问："啥事？"

阿山媳妇小声地趴在娘耳边嘀咕起来。

阿山也把张叔叫到卧室，小声地说着。

阿山媳妇把娘的手交到张叔的手里。阿山高兴地说，我去放鞭炮了。

手 术

医院磁共振专家说:"经三次磁共振对比,你现在可以定性为恶性肿瘤,肝占位小结节确诊为早期肝癌。建议请介入科和肝外科的医生会诊后,再确定是否手术,如何手术?"

介入科赵主任把磁共振片子反复看了看,说:"你的肿瘤位置显示在肝脏右后叶,如果做射频消融术,可能会把肺膈肌穿通,导致肺气胸,对于你这样一个有十几年肝硬化病史的病人来讲,可能危及生命,建议你去肝胆外科会诊一下。"

肝胆外科钱主任把磁共振片子反复看了看,说:"最好的治疗就是换肝,否则,你肝硬化时间有点长,肿瘤位于肝右后叶,血小板太低,手术时要把整笼肝游离出体外才能切除,大出血是不可避免的,能够走下手术台的可能性几乎为零……"

我一听，病情非常严重，掏出手机忙给省委督察室的同学打个电话，请他给找找关系，以便做最好的治疗。一会儿的工夫，同学回电话说："院长说了，介入科吴主任医师是做射频消融术的专家，对小肝癌治疗有较深的研究。你就放心吧，他们会很快给你安排手术的。"

吴主任先看了片子，又对我做了一些相关的检查，然后说："不过是个小小的赘肉，我一小会儿就能帮你拿下，没什么大不了的，这只是个微创手术。"

我的心里突然轻松了很多，手术当天，便去公园晒太阳。

算　账

　　梨花村的老王，养了三个争气的儿子，哥儿仨大学毕业，都在城里找到了工作，娶妻生子，在城里站稳了脚跟。让老王心里发愁的是哥儿仨都是靠工资过日子，至今都还是租房住呢。

　　一天，老王和村里的沈老师唠嗑。他说："沈老师，你家就你一个人上班，两个儿子参加工作五六年，你们爷儿仨家家有房有车，也没听说欠谁少谁的，你这个家咋当的啊？"沈老师说："王哥，你三个儿子三个儿媳妇不都有工作挣工资吗？"老王说："交房租，掏学费，吃酒压席，吃饭穿衣，生个小病啥的，处处都得用钱，凭他们那点工资，哪还有闲钱买房买车啊！"说着，老王无奈地摇了摇头。沈老师笑了笑说："王哥，我给你算一笔账，你三个儿子和媳妇共六个人领工资，每家每月平均收入一万元，过日子花去四千元，还有六千元是不是？这六千元都由你统一管理，一个月你可以存款一万八千元，一年就有二十一万六千元。用这笔钱先买房，一年半就可以购买一套，四年半就保证家家有房住。然后再考虑买车，攒半年就可以买台十万元左右的车。你算算，六年的时间，孩子们的房和车不都解决了吗？"

老王扳着指头算算，连连点头，高兴地说："是这个理。"这时他的手机响了，低头一看，是小儿子打来的。电话里小儿子着急地说："爹，我妈住院了，检查结果是肺癌晚期，我妈要回家，她不想治了。我们哥儿仨商量好的，每人每月拿出六千块钱给妈治病，钱的事不用你操心。"

老王像傻了一样，喃喃自语："怎么会这样呢，刚刚算好的账，就出了这样的事，房子呢？车子呢？"说着，老王晕倒在地。

证　据

奇亮深爱着小寡妇秀秀。奇亮的父母却一万个不同意。

奇亮无奈，找珍珍冒充女友，在父母面前瞒天过海。珍珍说："奇亮哥是大毛的哥儿们，帮奇亮哥，我乐意。"奇亮说："买个银手镯送你，算谢礼。"珍珍摸摸手镯，暗自高兴。

两天后，珍珍拿起手机拨通奇亮的电话，呜呜地哭着吼着："我怀了大毛的孩子，他把我甩了，我没脸活着。"不等奇亮说话，珍珍把电话挂了。奇亮愣了一下，急匆匆朝珍珍住处跑去。路上，有人大声喊："快救命，有人跳河了。"奇亮不假思索，纵身跳入河中施救，跳河的正是珍珍。

三天后，珍珍和妈妈嘀咕一阵，拿起手机拨通奇亮的电话，呜呜地哭着吼着："我去医院做人流，医生不让，必须要我男人去签字，大毛消失了，我找谁签字呢？不如死了干净。"奇亮的心一软，立即答应珍珍去医院签字。

珍珍做完手术，奇亮搀扶着珍珍刚走出医院大门，珍珍妈跑到奇亮跟前，撕扯着奇亮的衣服，边哭边喊："你还我的外孙，自己敢做不敢当，还算个男人吗？"

此时，秀秀正好路过医院大门口。秀秀伤心的泪水一直流，实在看不下去，拔腿就跑。

奇亮甩开珍珍母女，拽着秀秀，指着珍珍就问："珍珍，你今天当着秀秀的面给我说清楚了，孩子到底是谁的？"珍珍回头看看妈，低下头，小声地说着："是你的。"珍珍妈拿出奇亮在术前的签字复印件递给秀秀，指着珍珍手上的银手镯，说："这就是证据。"

奇亮一头雾水，秀秀大失所望。

突然间，不知从哪冒出的大毛，在珍珍妈面前"扑腾"跪下，说："大妈，我才是真正的证据。"

你咋不早说

王文的儿子被学校的门卫重重地抽了一鞭子,耳根和面部露出一条长长的口子,鲜血淋漓。

王文去学校找校长理论:"不问青红皂白就打人,这叫什么管理?"校长说:"你别急,孩子的住院费全部由学校承担。"王文说:"孩子的脸破相了,后续美容费怎么办?"校长说:"先治好伤再说。"

一周后,孩子怕耽误学习就急着出院了,脸上留下了长长的一条疤痕。"门卫平白无故打我儿子,下手还那么狠,难道就这样算了吗?"王文急匆匆地又去找校长。校长指着王文不耐烦地说:"医药费学校都出了,你还想怎么样?不服就去找法院。"王文无奈,又去找中心学校大校长。大校长说:"我们一定出面协调,看学校能不能补助点误工费。"王文说:"大校长,除了误工费外,还有陪护费,后续美容费呢。"大校长说:"你就等着吧。"

王文等了三天，没有结果，便去县教育局找局长。局长听了王文的诉说后，找来分管安全的张副局长。张副局长说："我觉得家长的要求不算过分。"局长拨通校长的电话，校长说："这纯属敲诈，他不服就去找法院。"局长打断校长的话，大声吼着："你是脑壳进水了，要是家长真去法院，你别以为你那个当镇长的哥哥保得了你，我希望你按张副局长的要求，迅速联系家长，三天之内将处理结果报告我。"说完挂了电话。

王文刚走出局长办公室就接到校长的电话，校长客气地说："王文大哥，请你来学校一趟，你咋不早说，我哪知道你表哥在市委当秘书！"

美丽的邂逅

飞机晚点,烦躁的李东东坐立不安,目光四处游移,最终视线定格在一个漂亮的少妇身上。在两人瞬间对视时,李东东似乎有一种相识的感觉。

李东东调换了座位,与漂亮少妇坐到了一起。李东东笑呵呵地搭讪:"美女,你也是去边城参加研讨会吗?"美女笑笑,反问了一句:"你也是吗?"李东东又问:"你们来了几个人?"美女微笑着伸出了四个手指头,还一一介绍了起来,说:"我姓张,她是赵老师,这位是钱老师,那位是孙老师,我们自称'西县四美'。"李东东给张老师介绍了他们一行四人,说:"我姓李,他是周老师,这位是吴老师,那位是郑老师,我们自称'东县四杰'。"张老师惊奇地说:"巧了,我们来了'四美',你们来了'四杰'。"李东东笑着做了一个鬼脸。

在边城研讨教室,李东东说:"生命需要养分,正如活着需要学习一样。"张老师笑着点点头。

参观途经沙漠时，李东东说："生命需要放松，正如我们手里的沙子，抓得越紧，流走得越快。"张老师若有所悟，仍然笑着点点头。

路过草原时，李东东说："生命需要爱情，正如草原上的小草，没有了水分就会枯萎。"张老师还是笑着点点头。

在返程的飞机上，李东东说："生命短暂，正如刚起飞的飞机，刚有感觉就降落了。"张老师突然在李东东的脸上印了一个飞吻。

飞机降落，李东东深情地握着张老师的手："我们的邂逅就像来不及定格的风沙，相信这美丽的邂逅注定是我们幸福一生的开始。"

报告会

八月的山寨县城热闹非凡,大街小巷挂满了鲜红的长条布标:"热烈祝贺山寨县第一中学张明同学被北大录取。"街头巷尾,三五成群的人们议论纷纷:山寨县总算考出个北大的学生了。

可张明同学却兴奋不起来,很是平静。

寒假期间,山寨县第一中学决定请张明回母校做学习经验交流。

报告会上,校长致辞:"同学们,张明打破了我们山寨县第一中学北大零录取的历史性纪录,为我们山寨县教育增添了光辉的一页,全体师生感到无比的光荣和自豪!请同学们用热烈的掌声欢迎张明同学回母校做报告!"校长非常激动,洋洋洒洒讲了上一届高三年级学生如何刻苦、班主任如何负责、老师如何认真、成绩如何显著等情况。

知道底细的同学一笑了之,不清楚情况的还在伸长脖子静静听着。

接下来,主持人宣布:"请张明同学给大家介绍学习经验。"

张明说:"首先要感谢学校为我的成长提供了良好的学习环境!"掌声响起。"其次要感谢老师为我的成长付出的辛勤劳动!"掌声再一次响起。"可以说,我考取北大,不是偶然,它离不开老师的辛勤培育,也离不开自身的勤奋努力。为了不耽误学弟学妹们的宝贵时间,我只讲三句话:

"第一句,时间加汗水。"同学们自发地响起掌声。

"第二句,近视加驼背。"同学们不自觉地摇着头。

"第三句,连补五年,几乎崩溃。"这时,全场愕然,鸦雀无声。

主持人话锋一转:"张明同学的现身说法,大家明白,只要你付出比别人多两至三倍的努力,北大的门随时向你敞开着。"

报告会在一片掌声中落下帷幕。

守护人

王刚参加培训的当晚,收到老师的短信:"本班天使守护行动正式启动,你的守护人是张卫,请你默默地给予关心照顾,不允许告知对方,培训结束那天我们开始揭秘。"

王刚知道自己守护谁,但不知道自己被谁守护。王刚失望地回复老师:"怎么是位哥儿们呢?"老师很快回复:"说不定守护你的人就是一位美女啊!"王刚不耐烦地甩出一句:"可能吗?"老师似乎感觉到王刚的不高兴,没有再回话。

"王哥,晚安!"王刚收到守护人发来的信息。

第二天,无论是在路上,还是在餐厅里、教室里,同学们你看着我,我看着他,相互猜想着,到底谁是自己的守护人呢?

第三天,王刚收到信息:"人生就是一次次相逢,恰好你来,恰好我在,真好!"

离别的那天早上,王刚依然收到信息:"幸福开心陪伴您每一天,早安!"早餐后,王刚急匆匆跑去和自己的守护人辞别,又急匆匆回到宿舍等候守护自己的守护人。

到底是哪位美女呢?王刚设计着辞别的各种方式:问好、握手、拥抱……

正当此时,老师发来短信:"今天游戏揭秘,按照我们的学号,一号守护二号,守护你的人是你的同室李明。"

李明坦然地笑笑,说:"王哥,我们相处的十天非常愉快!"说着,他伸开双臂,在王刚还没回过神时,已紧紧将王刚拥抱,手掌轻轻拍打着王刚的肩膀,嘴里不停地说:"好兄弟,多保重,今后只能在心中守护你了。"

王刚本能地拥抱着李明,惊喜地说:"谢谢你,好兄弟,原来守护我的人竟然是同室的你!"

羊老倌

羊庄有个老汉，从小父母早亡，跟姑姑长大，没上过学，七八岁开始给生产队放羊，分田到户后就自家养羊，大伙都叫他羊老倌。

羊老倌四十岁才得一子，儿子十岁那年得了羊角风（癫痫病），他四处寻医，终究没治好。儿子二十五岁那年，羊老倌四处托人说媒，好说歹说，终于一户困难人家同意了这门亲事。羊老倌待儿媳妇如姑娘一样，儿媳妇在家带孩子，重活儿他自己担着。村人都羡慕羊老倌家的儿媳妇太享福了。羊老倌说，我家两代人斗大的字不识一个，所以一定要把孙子抚养成人，考个大学读。

天有不测风云，人有旦夕祸福。羊老倌那个不争气的儿子精神出了问题，常常在树林里睡，在墙脚边蹲夜。羊老倌只好又把儿子送进了医院。

一个月后，儿子的病好了许多，羊老倌带儿子出院了。

刚进家门,羊老倌的老伴就说,儿媳妇说带老二回娘家住几天,这一去就没再回来。羊老倌"啪哒啪哒"地抽着旱烟。孙子放学回来,进门递一张纸条给羊老倌。羊老倌抬起头,眼睛一翻,颤抖地问:"这是什么?"孙子说:"法院的传票,我妈要和我爹离婚。"

羊老倌两腿一软,倒在地上:"我的天啊,儿子的病还没治好,孙子还要上学,儿媳妇又要离婚,我哪还有活路啊?"孙子说:"爷爷,我不上学,我帮你放羊。"羊老倌伸长脖子,无奈地点了点头。

过了一会儿,羊老倌像年轻人一样,腾地一下从地上爬了起来,拉过孙子的手说:"大孙子,有爷爷在,你就放心上学,咱不当羊倌!"

有其母必有其子

琪玲高中毕业，进了一家化工企业工作。在她成家的那一年，企业改制，她下岗在家，闲着没事，开始学打起麻将。

时间久了，琪玲玩麻将上了瘾，生了孩子，做了妈妈，还打麻将。

儿子三岁了，跟着妈妈玩了三年的麻将，耳濡目染，学着妈妈的玩法，大拇指一按，中指一顶，百发百中猜出麻将子的名称。琪玲很是自豪。

孩子上学期间，琪玲不想回家做饭，每天给孩子十元钱去快餐店。她还得意地说："我家的孩子好安排，一天十块钱就打发了。"

后来，孩子上不了好的高中，琪玲的老公说："把儿子玩废了，看你还玩不玩？"琪玲不敢说话，只好硬着头皮去托人找学校，交钱借读。

一天，琪玲的手机响了，是儿子的老师打来的，说孩子没去上学。琪玲四处找寻，突然在一家麻将室门口，听到儿子大声说："干上五梅花，过毛。"琪玲的气不打一处来，跑进去，揪着孩子的耳朵就去找老师。老师问："谁叫你去打麻将的？"孩子说："跟我妈学的。"老师纳闷。

第二天，老师就去家访。琪玲十分不自在，连声说："老师，是我做得不好，请你放心，我一定配合老师管好孩子。"老师说："你真能做到这一点，这样最好。"

此后，每当孩子放学回到家中，琪玲早早就把饭做好等着；孩子做作业的时候，琪玲就忙着洗碗拖地板，闲下来就捧着一本书认真地看。

一晃三年，琪玲始终如一。

兑现诺言的这一天终于到来，老师又来家访。见琪玲就说："琪玲姐，你真是个说到做到的人，有你这样的母亲，孩子一定错不了。"先是称赞，然后郑重其事地说："请看，这是你和孩子的大学录取通知书。"

缘　分

局长乘车到达南坡镇所在地，随后一行人不得不步行六七里去了北沟小学。

局长在北沟小学校园转了一圈，感叹地说："不错啊，很有特色嘛，活脱脱一个生态公园。"

局长走路累得汗流浃背，喉咙干渴得痒痒的。校长随手摘了个红梨，递给了局长，边走边介绍："这一片是我们的红梨园，那一片是我们的蔬菜园……"校长从校园环境到学校管理，一一做了汇报。

局长问："你今年几岁了？"

校长说："我三十九了。"

局长又随意地问道："爱人在哪工作？"

校长笑笑，腼腆地说："还没找呢。"

陪同的中心学校校长补充道："这个校长的工作没说的，就是他的个人问题是个老大难。"

局长沉思片刻,话锋一转,问中心学校校长:"你怎么没有考虑教师的婚姻问题呢?"

中心学校校长解释道:"刚参加工作的男女老师都不愿意在这儿成家,为了稳定教师队伍,我们还在报纸上登过征婚启事呢。"

局长眉头一皱,说:"问题就出在这里交通不便。"

校长忙说:"局长,上次县长来调研时说交通问题已经作为北沟村精准扶贫的一项工作,很快就能解决,当时我们镇党委书记当着县长的面表态,路一修好,他就把他小姨子介绍给我呢。"

局长说:"是啊,县长重视,书记关心,我们没有理由不把学校管好啊!"局长边说边紧紧地握着校长的手,又问了一句:"党委书记的小姨子在哪工作?"

校长不好意思地说:"书记的母亲卧病在床,书记的小姨子没有工作,暂时在他家当保姆呢。"

局长开玩笑地说:"那是缘分。"

人之常情

学校准备举行冬季运动会，张校长带领班子部分成员去找马老板拉赞助款。马总办公室的墙面挂满了字画，进门的右手边放了大大的一个条形实木茶几，茶几上摆放着各式各样的泡茶工具和各种名贵的茶叶。茶几的对面就是办公桌，办公桌上除一台电脑外，最显眼的是那个地球仪。尤其是坐在茶几边品茶的时候，地球仪就格外耀眼。

张校长看着地球仪说："老板，你的志向真大，整个地球就在你的掌控之中啊！"老板笑笑，没说什么。

李副校长看看地球仪说："老板，你是不是想找个支点，撬动整个地球啊？"老板也没说什么，只是笑笑。

贺出纳看看地球仪说："老板，一看你这摆设，就知道你是一个胸怀世界的人啊！"老板仍然只是笑笑，什么也没说。

陈会计看看地球仪说："老板，世界那么大，我想去看看，你是不是在琢磨一次旅行呢?"老板幽默地回答着:"钱包那么小,哪都去不了啊。"

张校长刚想开口说点什么,老板笑了笑说:"你们太抬高我了。其实我没你们想象得那么复杂。我就一个平常人,有一颗平常心,买个地球仪放着,就是为了看世界杯时方便查查哪个国家在哪个位置而已,你们有话直说。"

校长开了直腔:"你是知道的,我们无事不登三宝殿,学校要举办冬季运动会,请你支持支持。"

老板眼睛一转,说:"给你们五万如何?"

学校班子成员你看看我,我看看你,不约而同地说:"老板够爽快。"

老板淡淡地笑了笑,说:"我每年送几个孩子去你们学校上学,你们不是也没拒绝吗?支持教育,人之常情嘛。"

打　工

　　大朋媳妇这几天打了四五次电话,说家里收秋忙不过来,让他请几天假,回来搭把手。

　　哼,家里十多亩地,这个懒婆娘,慢慢收不行?家里再忙,还有工地忙吗?耽误一天可是少挣三百多块呢。大朋不情愿地请了一周的假,急匆匆赶了回来。

　　上午十点,下了客车,大朋刚进村就遇见邻居马叔。马叔说:"你总算回来了,秋收这几天可把你媳妇累坏了,好好帮你媳妇收秋吧。"唠了一会儿,马叔抽着烟下地去了。

　　大朋刚走几步,遇到了牛婶。牛婶大着嗓门说:"你可算回来了,你一拍屁股走了,家里一摊子事都撂给了你媳妇,伺候老人、种地收秋,里里外外全靠你媳妇撑着,真是难为她了。"

　　大朋进了家,老娘疑惑地说:"你咋回来了?工地不忙了,放假了吧,你回来得正好,这几天可把你媳妇累坏了，在地里忙农活，回来还得煮饭喂猪，照顾我们老两口，你媳妇在家不比你在外清闲啊。"

大朋和娘边聊天边做起了晚饭，日薄西山，媳妇从地里回来了。

饭桌上，大朋抱怨媳妇说："家里这点农活，你就慢慢地干呗，非得让俺回来，现在俺们天天加班，一天能挣三百多块呢，这下全打水漂了。"

吃完饭，大朋脑袋刚一挨上枕头就睡着了。一觉醒来，大朋身边没有了媳妇的身影。

"这娘儿们下地还挺早嘛。"大朋叨咕了一声，慢悠悠地去了自家地里。

地里没有媳妇，她去哪了呢？大朋拨通了媳妇的手机。媳妇说："我在客车上，你不是说家里没有你打工累吗，那你就在家里吧，我去打工。"

平　衡

　　张文的儿子马上就要高考了，儿子成绩不错，再弄个省级"三好学生"，增加15分照顾，考个重点大学十拿九稳。

　　张文找分管德育工作的丰副局长说明了来意。丰副局长手一抬："小张，省级'三好学生'的名额已经分到学校，必须由学校推荐上报。不过，县长的秘书给我打过电话，他说，县长的千金今年高中毕业，想要个省级'三好学生'指标，你说该怎么办呢？"张文叹了一口气，失望地走了。

　　张文仔细想想，牛副局长和马校长的关系不错，找他准有办法。于是，张文敲开牛副局长的办公室说明了来意。牛副局长眼睛一转："小张啊，怎么不早说呢，一个煤老板刚打完电话，他表态，只要学校把省级'三好学生'指标给他儿子，他愿意为学校捐款30万元。你说该怎么办呢？"张文摇摇头，失望地走了。

　　第二天，张文鼓起勇气，直接去找马校长。马校长说：

"小张啊，今年怎么那么不巧啊，一个是县长的千金，另一个则是愿意给学校捐款30万元的煤老板的儿子，可是省级'三好学生'名额就这么两个，你说该怎么办呢？"张文眉头紧锁，绝望地走了。

学校推荐结果刚公示，教育局接到省招办通知，今年高考取消省级"三好学生"加分照顾。

张文听到这个消息，高兴地说："我的心里总算求得平衡。"说完，来到一家小酒馆，要了四个小菜，半斤白酒，兴奋地喝了起来⋯⋯

算　计

刘主任特别喜欢帮助人,经常为他人的梦精心设计。

张老师今年要晋升职称,急需一个"优",第一个就想到找刘主任帮忙。

张老师给刘主任许下一个满意的承诺,刘主任喜上眉梢,放弃午休时间,早早来到小花园等候。刘主任想着张老师的承诺,满脸的喜悦,原本有些扭曲的下颌,歪得更加突出,急切地看看手表:"怎么还不来呢?"

张老师没有赴约。考核结果是以0.5分之差与"优"擦肩而过。

刘主任又提醒张老师:"你晚上带上省级刊物发表的论文来我家,看看有没有办法?"

张老师心里清楚,自己哪有什么论文啊,真是百思不得其解,但还是答应了刘主任。

刘主任在家里等啊等,等到天黑,等到午夜,依然不见张老师的身影。刘主任的睡意变成了恨意，带着一种被忽悠的羞辱感躺在床上翻来覆去。

今天期末考试，刘主任巡考时发现张老师的学生用手机作弊。刘主任用手机拍下照片，发到教师工作群里。

第二天一大早，刘主任优哉游哉地来到小花园，满不在乎地等着校长在喇叭上通报张老师的学生作弊一事。尽管白茫茫的大霜冻得花草耷拉着头，刘主任还是坚持着，不时地看着手表："张老师，今天就让你见识一下，到底你会忽悠还是我会算计？"

校长当天并没有对张老师的学生在广播上通报批评，而是通知刘主任组织教务处的工作人员对此事进行认真调查。

刘主任问监考老师，监考老师顺手拿出一个玩具手机，说："这就是你看到的作弊工具。"

刘主任傻了眼。

还是教书好

马小伟从偏远的农村小学直接调进政府大院，自己做梦也没有想到。

不久，马小伟任某局人事科科长，同事们看在眼里，想在心里。马小伟照这样下去，不要几年，弄个副局长，再弄个局长什么的，简直不在话下。

后来的二十年里，马小伟做梦也没有想到，除信访科外，自己把各科科长轮了一圈。

前不久，听说局里要提拔一个副局长，马小伟去找局长。局长说："小伟，你当科长也快二十年了，还没过渡为公务员，真是委屈你了。"

马小伟听局长这么说，心里稍有些安慰。几天后，马小伟接到知，任信访科科长。马小伟又去找局长说："信访工作我实在难以胜任，请局长考虑考虑。"局长说，那你就去局办公室搞收发吧。

今天，我在城里偶遇马小伟，多年不见，他硬是要请我吃饭。我说："马老师，你们公务员真舒服，八点上班九点到，一杯开水一张报，接到电话就去餐馆报到。"马小伟说："你有所不知，我还是教师身份，不过，我喜欢教师这个职业。"他看着我不解的样子，突然从口袋里掏出一张纸条塞到我手里。我打开仔细一看，原来是一份要求调回学校当老师的申请书。我看完申请书，心里有些堵，半晌没回过神来。

我暗暗地骂，马小伟啊马小伟，你怎么会有调回学校教书的想法呢。

马小伟看出了我的心思，笑着说："也不怕你笑话，当初我能改行进政府，是因为我娶了县长家小姨妹的独生女儿，后来我那姨父县长不是出事了吗？其实，还是教书好啊。"

我举起酒杯，大声说："男怕入错行啊，我支持你，来，干了。"

回家过年

春节快到了,老三又为回家过年发愁了。

媳妇说:"我嫁给你三十多年了,年年都去老家过年。儿子成家后,我们也回老家过年,今年咱们就别回去了嘛。"

老三说:"家里只有老母亲一个人,不去行吗?"

媳妇说:"儿子过年要值班,把老人接来和我们一起过不就行了吗?"

老三说:"她不会来的,农村的传统习俗你又不是不懂?几千年的传统,要让儿孙知道,有妈才有家,在老家贴对联,放鞭炮,供祖宗,拜天地,才有过年的气氛啊!过年不就图个团圆吗,平时我们很少回去陪老人,过年回家,老人最高兴,我们能不去吗?"

媳妇说:"你还是劝劝老人来城里和我们一块过吧!"

老三说:"她要是不同意来城里,我们总不能丢下老人不管吧?以后孙子成家了,儿孙们不回来陪我们,你又有何感想？"

儿子在一旁解围："妈，你们就别考虑我了，你带着她们娘儿俩随爹回家陪奶奶过年吧。"

媳妇沉默不语。

四岁的孙子也跑来凑热闹，奶声奶气地说着："奶奶不想回老家过年，我们就不要她了。"

老三把视线转向孙子："快上一边玩去，一个小屁孩，多什么嘴，奶奶是可以不要的吗？"

媳妇欲言又止，眼泪大滴大滴地滚在地板上。

老三思量再三，劝说媳妇："回家过年吧，前人做给后人看，这是我们家的好习惯，别让孙子笑话啊。"

媳妇擦了一把眼泪，没说什么，拾取钱包就出门了。

老三一头的雾水，这是要干吗？

两小时过后，媳妇大包小包地提着回来了，吃的穿的啥都有。老三忙问："你同意回老家过年了？"媳妇说："回去过年，还不是要准备准备啊，不可能空着手就去吧。"

别把儿子教坏了

小马任教十年,终于修成正果,当上了小学校长。小马信誓旦旦地说:"我当校长,无论如何也要考个第一,才对得起组织的信任。"

学年统考快到了,中心学校校长跟小马反复强调,这次统考很重要,关系到县里对全镇的考核。小马说:"放心吧领导,考个第一应该没问题。"

考试期间,中心学校以镇统一安排各校教务主任带队,实行异校教师交换监考。

马校长要求,留校老师在每场考前一小时必须做好考前辅导。

外校的监考老师打趣地说:"马校长,你们学校的老师工作太负责了,学生考不好才怪呢。"

阅卷结束,小马的学校学年考试成绩全县排名第一。中心学校校长在全镇校长会上总结时说:"小马同志担任校长一年,考了个全县第一的好成绩,真是难能可贵啊,请马校长做好经验交流准备。"

小马有些紧张。

新学年的脚步近了,小马正在办公室忙着演练交流材料。

县教育纪工委的严书记一行三人,敲开了马校长办公室的门。

严书记说:"马校长,我们想了解一下你们期末考试情况。"

马校长迅速将《考试工作手册》交给了严书记。严书记说:"你再提供一份当时留校教师名单和考试期间接待费用清单。"

严书记一行三人,谈的谈话、查的查账,紧张地工作了三个小时,掌握的事实与举报情况基本吻合。

马校长见势不妙,干脆将事实和盘托出。严书记反复说:"你的态度很好,我们会酌情处理,谢谢你的配合。"

马校长的老婆怪声怪气地说:"我说嘛,孩子交了卷那么高兴,说他们老师太神了,几乎都是考前辅导过的。你还当校长呢,可别把孩子教坏了。"

我要做好汉

拐拐村，坡高地陡，人烟稀少，交通闭塞，孩子去中心小学上学要走五六公里路，拐拐村就设了教学点。夏英大学毕业考取特岗，安排在拐拐村校点。

夏英老师是公办教师，自然要参加精准扶贫工作，她负责帮扶拐拐村的三户贫困户。

她每天早早起床，帮贫困户挑水，再回学校领着学生上早自习，忙得不亦乐乎。平时，隔三岔五地要请贫困户签字、跟贫困户照相、帮贫困户算账、去村委会填扶贫表册，一年下来，扶贫工作没见啥成效。她叹息道："我一个小学老师有什么办法呢？"

国家的政策真好，政府出钱修通水泥路，接通自来水，帮贫困户旧房换新房，拐拐村村民乐开了花。

做了两年扶贫工作的夏英老师深有感触地说："一个人没有理想，正如一个人没有灵魂一样。"课堂上，她和同学们讨论"我的理想"。一个同学说:"我长大后要当贫困户,因为贫困户有人帮着烧火,有人帮着挑水,过年有人送米送钱,房子塌了公家会盖,子女上学还有困难补助。"同学们有赞同的,也有反对的,夏英老师却傻了眼,站在一旁,哭笑不得。班长看着夏英老师愁眉苦脸的样子,指着想当贫困户的同学大声说:"我长大了要像夏老师一样当老师,才不像你这些人没出息,只想当贫困户。"夏英老师使了一个眼神,让班长坐下,讲起了清代大画家郑板桥教子的故事,接着朗诵了郑板桥的诗:"淌自己的汗,吃自己的饭,自己的事情自己干,靠天、靠地、靠祖宗,不算是好汉。"

全班同学高呼:"我要做好汉,我要做好汉。"

带儿子回家

妈妈打来电话说，今天家里杀猪，一定要带上浩浩回家吃杀猪饭。妻子说："浩浩回老家待不习惯，全身过敏起水泡，还是不带去了。"我说："那时浩浩小，抵抗力差，现在他都十岁了，应该不会再过敏了，还是带他回去吧。"

老家正在修路，坑坑洼洼，很不好走。车开到离家两三里的地方停下了，只能步行回老家。浩浩下车就嘟囔："奶奶家怎么还有这样的路？"

路上，浩浩看到田里绿油油的麦苗，惊讶地叫喊着："怎么到处是韭菜啊？"我说："儿子，那是小麦，不是韭菜。"浩浩嘴一噘，把头一扭，说："我哪见过什么小麦啊？"妻子说："浩浩，你吃的包子、馒头、面条就是用麦子磨出的面粉做的，你把小麦当韭菜，让人笑话的。"

回到老家，宰猪的人正忙着翻猪肠子。浩浩问："爷爷，他们怎么把猪肠子放在牛粪上揉，脏兮兮的，还能吃吗？"

说完，用手捂起了鼻子和嘴。爷爷说："傻孙子，猪肠子里哪来的牛粪啊？不翻出来，洗不干净，咋吃啊？"

浩浩又去看割肉，割肉的大爹摘下腰子给浩浩。浩浩问："大爹，猪的鸡胗怎么那么大啊？"在场的人都笑出了眼泪。浩浩被笑得莫名其妙，咬咬嘴唇，问爷爷："他们笑什么？"爷爷说："傻孙子，猪身上怎么会长鸡胗呢？"

浩浩红着脸走进屋，双手托着下巴，气鼓鼓地坐着。我说："儿子，你把麦子当韭菜，猪腰当鸡胗，爹不怪你，只怪爹这几年没带你回过家。过去怕你回家过敏，现在路修好了，你爷爷盖起了新房，爹以后经常带你回家。"

为自己活一回

玲玲在医院工作,三十多岁还没有对象,父母却看上了医院的小张。

玲玲打心里不接受,知道小张有很多风流艳事,但父母说,他只要工作好、能挣钱,这点事不算什么。最终玲玲无奈和小张结了婚。

新婚当晚,小张说有一台大手术,着急忙慌地走了。玲玲独守新房,看着燃尽的蜡烛流干了泪。

玲玲后悔,找娘诉说。娘说:"我们家族没有离婚的先例,你要是离了,娘就不认你这个女儿。"玲玲叹着气离开了娘。

有一天,玲玲头晕,提前回家,推开卧室门,眼前一片模糊,隐约看到自己的丈夫和胖女人躺在床上。她揉揉眼睛,想看个究竟,脚像被绊住,"扑通"一声倒在地上。慢慢醒来,发现自己躺在床上,摇摇头说:"胖女人是我闺密，怎么可能呢？"

第二天，玲玲遇到胖女人。胖女人说："玲玲啊，真羡慕你有个好老公，天天陪着你，只是他说你太冷，缺点情调，可惜我那死鬼一年半载不回来一次，我是气不过，干脆和他离了。"玲玲眼前突然闪现出头晕时的一幕，便生气地说："他怎么跟你说这些呀？"

一年后，玲玲生下了孩子，胖女人来看她。胖女人说："玲玲啊，真羡慕你，你比我结婚晚，却做妈了。我呢，现在还是孤家寡人。"玲玲淡淡地瞟了瞟胖女人，眼前又闪现出那一幕。

不久，玲玲的丈夫提出离婚。玲玲说："我那次在家晕倒，醒来却躺在床上，是不是当时你在家？"丈夫点了点头。

玲玲接过离婚协议书，签上"同意"二字，拨通胖女人的电话，笑着说："胖姐，晚上我做东，情人山庄不见不散。"回头看看丈夫，"咱们俩，就算为自己活一回吧。"

老师陪你

同学们都放学回家了,独自一人的小红写完作业后怯怯地敲开刘老师的办公室,说:"刘老师,我把昨天的作业补做完了。"刘老师仔细地批完后微笑着说:"你可以回家了,要不要叫家长来接你?"小红摇摇头说:"刘老师,我家住农贸市场旁边,爸妈没有时间接我。"刘老师特意嘱咐道:"路上注意安全,回去把今天的作业做了。""好的,老师再见!"说着小红开心地离开了学校。

第二天早读课上,小组长收完作业大声说:"刘老师,小红又没有交作业。"刘老师看看小红,没有出声。

下午放学铃声响起,刘老师走进教室说:"小红同学留下,其他同学可以走了。"同学们欢呼雀跃,冲出了教室。一个同学指着小红,大声喊着:"活该,天天不完成作业。"小红低下头,不停地咬着手指,扯着红领巾。

刘老师送走了同学,回到教室对小红说:"小红,你为什么在家不完成作业呢?"小红低着头边哭边说:"老师,我爸妈是卖菜的,每天他们很晚才回家,家里只有几个篓筐,没有桌子,吃饭就站在灶台旁,放学回家我得忙家务,抽空就跪在床前写作业。如果我不干活儿,爸妈就不让我上学了。"

刘老师愣了愣,摸着小红的头说:"小红,你辛苦了,以后的作业你就在教室里做吧,老师陪你。"

那位大叔就是他

晚饭后,王五抱着烟筒不停地吸着黄烟。妻子说:"她爸有啥心思吗?"王五说:"国英这娃初三这学期的生活费够了吗?"妻子满脸愁云地说:"家里没钱了,就靠着这几十只母鸡下蛋换钱,怕攒不够国英的学费啊。"

暑假里,国英第一次赶集,很晚才回家。妈妈说:"国英,是不是鸡蛋难卖啊?"国英说:"我蹲在集市上,手紧紧地抓着鸡蛋篮子,两腿酸软,盼着有人买我的鸡蛋,可直到集市快要散场了,才来了一个大叔,让我高兴的是大叔一下子把鸡蛋全包了。"妈妈瞟了一眼国英,没出声。

国英第二次赶集,很晚才回家。爸爸说:"国英怎么才回来啊?"国英说:"看过鸡蛋的人都说咱家的鸡蛋小,只肯给六毛钱一个,我没同意,就一直等着,后来上次那个大叔来了,人家二话没说,一块钱一个又全包了。"爸爸迟疑地看了看国英,啥也没说。

国英第三次赶集，很晚才回家。妈妈说："你这孩子，每次赶集都这么晚才回来，爸妈多担心。"国英拉着妈妈的手，笑着说："鸡蛋卖不了，能回来吗？"妈妈瞅着国英说："这次不会又是上次的大叔全包了吧？""妈妈，你猜对了，这回又是那个大叔啊，他知道我还是个学生，分别时还给了我一个信封，让我回家再打开。"国英掏出信封，高兴地说着。

爸爸接过信封，打开一看，里面是八百块钱，还有一张纸条，上面写着："好好学习。"

"这个好心人是谁呢？"爸爸和妈妈激动地问国英。国英摇摇头说："我不认识他啊。"

突然，国英盯着电视屏幕说："那位大叔就是他！"

"啊，是咱们镇的张书记啊！"夫妻俩异口同声地说。

妈妈，欢迎您回家

春天到了，张英的心情也豁然开朗了起来。考上公务员第一天去报到，张英听到村头老槐树上喜鹊"叽叽喳喳"叫个不停。下班后张英高兴地拨通李琼的电话说："妈，我想见您。"李琼急切地说："儿啊，妈也想见你啊，只是难以启齿。"说着，李琼的脸上挂满了伤心的泪珠。

母女相约村头老槐树下。张英擦拭着妈妈的眼泪，直言不讳地说："妈，我刚满五岁，你狠心离开了我和爸，听说你现在过得也不好，我可以不认你这个娘，可我毕竟是你亲生的啊。"李琼咬咬嘴唇，哽咽着说："儿啊，你想怎么对娘，娘都不怪你。"

张英流着热泪，拉着妈妈的手说："我爸憨厚老实，是个好人，你为什么要离开他呢？"

李琼捂着脸边哭边说："我和你爹成家，是媒妁之言，父母之命啊。"

李琼盯了一眼树上的喜鹊，拉着女儿的手说："你爹对我一直很好，可我心里老是想着另一个男人，他是我的同桌，他高中毕业后当代课老师，转正后调乡政府工作，后来当了副乡长。我鬼迷心窍，为了这个男人，抛弃了你们。谁知道，这个男人后来会变得如此肮脏，竟然把别的女人带到家中，我差点儿撞墙啊。"

张英擦一把眼泪，抱着李琼说："妈，女儿理解您的苦衷，奶奶和爸爸还有我都欢迎您回家啊。"

父亲的传家宝

八十高龄的父亲，耳不聋、眼不花，身体硬朗。父亲手里没有什么值钱的东西，倒是那件打了补丁的军大衣却被父亲当成了宝贝。一年到头，夏天将大衣整齐地叠放在衣柜里，春秋冬三季不是穿着就是披着。

春天到了，女儿说："爹，春天风大，需要保暖，给你添置一件新棉衣，别穿那件破军衣了。"父亲骄傲地说："闺女啊，它比你的年龄还大，你们姊妹两个小时候，都是盖这件大衣长大的。"

秋天到了，儿子说："爸，秋天凉，皮衣保暖，给你添置一件皮大衣，就别再穿那件破军衣了。"父亲语重心长地说："孩子，别忘了，你们小时候，谁家能有这样的军大衣当被子盖，你们就是它护着长大的啊。"

冬天到了，老伴说："老头子，冬天冷，搁着儿子姑娘买的皮衣、棉衣不穿，穿一件破军衣，不嫌丢人吗？"

父亲说:"你这老婆子,孩子不懂事也就罢了,你也跟他们一个腔调。"说着,他指着大衣,自豪地说:"这件大衣是我当兵时部队配发的,你忘记了不成?我跟你讲过多少回了,在那次执行任务时,敌人向我们开枪,我肩部中弹,当时用大衣紧紧裹着肩部,死守八小时,直到击退敌人。这件大衣是我的命根子啊。穿着它,我感觉战友就在身边。"老伴咂咂嘴,不屑地说:"你是越老越糊涂了。"

父亲固执地说:"它是我的传家宝,无论你们觉得它怎么碍眼,我都要穿着它,要不,儿孙们咋知道啥叫优良传统呢?"

幸与不幸

肝病科第四病房里躺着三个男性病人。赵四是来复查身体；钱三身上挂着一个抽腹水的袋子；孙五虽然没挂袋子，但也挺着一个大肚子。

"你们要向赵四学习，二十年前他就像你们这样子，可他现在不是挺好的吗？"医生查完病房，看着钱三和孙五说。

赵四说："我们都有一位贤内助，又遇上一位好医生，有了信心就有希望。"

钱三摇摇头说："要不是她的坚持，我真想放弃啊。"

赵四说："你有一个贤妻，就有了一半的希望，加上你的信心，百分之百能医好。"

钱三家属无奈地说："我想不通的是他的家人不让我带他来医院，说他的病压根就没希望，到处瞎折腾、浪费钱财。"

赵四家属说:"你看,钱三这几天不是有明显好转吗?"

孙五静静地听着。一个女人带着小女孩走进病房,指着孙五说:"结婚后,从没用过你一分钱,我要出去打工,照顾不了孩子。"说着,她把女儿抱起放在病床上就想走。

孙五说:"你打工一个月挣一两千块钱够干什么啊?在家把女儿带好就行了。"话音未落,女人便发疯似的将手中的包砸过来,说:"我活不下去了,你也别想活着!"她抓起砸过来的包,掏出一把水果刀就朝孙五刺去。

说时迟,那时快,钱三的家属转身抬手之时,夺过女人手中的刀说:"原来你是他家属?"

女人指着钱三家属大骂:"你多事,我就对你不客气了。"

这时,赵四家属按响了床头的铃声。

护士走进病房,看着歇斯底里的女人说:"难怪他的病情一直不稳定呢?"

孙五说:"我终于明白了,各家都有一本难念的经,但幸福的他们却很相似。"

老师的面子

"上课。"张老师走进教室照例发出口令。

全班学生齐刷刷起立、敬礼。张老师又发出"请坐下"的口令。

这时,上次没交作业的小明小声地叫了一声:"张德诚。"全班同学都听到了,张老师更是听得清清楚楚。小明叫的是张老师父亲的名字,可张老师却装没有听见一般。

张老师说:"请同学们翻开第三课,齐读课文《以和为贵》。"话音刚落,小明的同桌高高举起小手说:"张老师,小明刚才叫你爹的名字。"

张老师碍于面子,快步走到小明桌旁,一个耳光扇过去,厉声呵斥:"你凭什么喊我爹的名字?"小明支支吾吾地说:"我做不好你布置的作业,你不也叫我爹的名字吗?"张老师喊道:"滚出去,把你爹叫来,否则你就别想读书!"

小明走后，张老师开始接着上课，学生齐读课文《以和为贵》。他在教室来回走动着，转念一想，本节课请同学们读完课文，对照"提示"完成"练习一"。

随后张老师急匆匆赶到小明家，小明的父亲正在教训小明呢。张老师对小明的父亲说："对不起，我刚才的行为过激，不该打小明，要不，我现在带小明去医院看看？"

小明的父亲说："说对不起的应该是我，我没管教好孩子。"

小明说："张老师，是我错了，你打我是对的。"

张老师紧张的心终于有些平静，摸摸小明的脸说："没事就好，老师打你比打自己还疼，走，跟我回去上课吧。"

离下课还有五分钟，张老师安排小明坐下，自己走上讲台，红着脸说："我为刚才的过激行为向小明同学道歉，我打小明这一耳光，比打在自己脸上还难受，老师碍于面子，才犯了不该犯的错。"

婆婆也是娘

"死老头子,你好狠心啊,你们父子撒手去了,媳妇也出嫁了,留下我们奶孙四人咋过吗?你倒是给我个主意啊。"杨大妈对着流淌的河水数落着。

这天,杨大妈找到小村长说:"村长,俺唯一的儿子三年前车祸没了,老公前年患肝癌走了,儿媳去年又嫁人了,一个孙子和两个孙女都在上学,我种着一亩半土地,养着一条牛两头猪十只母鸡,勉强能维持生活……"说着说着,杨大妈哽噎不止。

小村长说:"杨大妈,你家的情况确实特殊,我们讨论过了,帮你争取一个低保户名额吧。"

杨大妈领了半年的低保费,她又去找小村长说:"听说建档立卡户看病省钱,孩子上学有照顾,拆房盖屋有补助,能不能帮我把低保户改成建档立卡户啊?"

小长村说:"乡里民政部门调查过了,你儿媳妇有车,不能再享受低保，有车的人家哪还能办建档立卡户呢？"

杨大妈拨通儿媳的电话，气呼呼地说："你是不是买车了，你的户口也不转出去，弄得我们一家成不了建档立卡户，领了半年的低保也取消了，我求你把户口转出去吧！"

儿媳在电话的那头说："妈，我和他商量好了，买一辆面包车跑客运，挣点钱帮衬孩子上学，他的户口转入咱家，人也搬一块住，全家人不是又团聚了吗？我正要回家告诉您这个消息呢。"

杨大妈沉默半晌才说："我以为你不管我了呢。"儿媳说："妈，你儿子虽然走了，婆婆也是娘嘛，我怎能撒手不管呢？"

杨大妈激动地"啊"了两声，眼泪滚落一地。

"名人"包陈诚

不大的县城,有一位老少皆知的"名人"。说他是"名人",其实他并不是什么大家,而是因父母早逝,吃百家饭长大,像个"大侠"。他本名陈诚,诨名"包陈诚",一些人还认为他姓包呢。

陈诚的父亲在一次煤矿事故中不幸遇难。两年后,陈诚妈又因患肺癌医治无效死亡。从那以后,陈诚开始流浪街头,哪个单位的厕所不通了,他要去帮忙掏,三百六十五天,天天脏兮兮的,大人孩子见了都躲他,大家都叫他"包陈诚"。

一天晚上,包陈诚走在没人回家的路上,山摇地动。于是,他跑步回城,挨家挨户地喊:"地震了、地震了。"他这一喊,城里人绝大多数幸免于难。尤其是在危险时刻,他救下了一个拖儿带女的小寡妇。事后,小寡妇与他成了家,城里人感激他,县里表彰他,社区居民委员会主任安排他到社区当了环卫工人,走巷串道,街坊邻居无人不晓。

后来,他和小寡妇有了自己的孩子,取名"包成器"。邻居说:"陈诚,你是不是真连自己姓啥都忘记了?"他说:"没忘记,这是我的愿望。"

日久天长,他依旧起早贪黑,掏阴沟、捡垃圾、扫大街,去年被县里表彰为"十大好人"。儿子"包成器"高考被北大录取。

一时,包陈诚名声大振,轰动整个县城。

记者问:"你是怎么当上'十大好人的'?"

他说:"有付出就一定有收获。"

记者又问:"你是怎样教育孩子的?"

他说:"行动是最好的教育。"

包陈诚的名字一时变成网络热搜。

豪宅女盗

临江派出所接到临江水果市场摊主报案,说他们每天都有成箱的水果丢失。民警查看监控,发现偷走水果的竟是一位老太太。

这位老太太是独居豪华别墅的秀芳大妈。

这天,秀芳大妈来到水果市场,走到冬枣摊位前问价,听说冬枣二十八元一斤。她说:"太贵了,比肉的价格还要贵。"说着,她转身走出了市场,刚走不远,她突然发现摊位旁有一辆面包车,车门没关,车里放着一箱箱水果,她四周打量一下,迅速拆开水果箱,将冬枣装到了自己的购物袋里,然后大摇大摆地回家了。

第二天早上七点多,秀芳大妈又来到水果市场。她仔细一看,老地方的那辆面包车的车门依旧没有关,车里放着一箱箱水果,秀芳大妈惊喜地又拿了一箱哈密瓜。

第三天早上,秀芳大妈又去了市场,从面包车上拿了一箱水蜜桃。

从此以后,秀芳大妈天天早上去市场上偷拿水果。她想,怎么就没人发现呢?其实,警察早已锁定目标,最终找到了秀芳大妈的女儿。

女儿大吃一惊,母亲退休在家,日子过得有滋有味,怎么可能去偷水果呢?警察说:"你母亲偷盗水果不是一次两次了,天天往家里搬水果,你没发现异常吗?"女儿说:"我们平时很少回家,对老人关心不够,愿意赔偿一切损失。"

女儿怀疑妈妈有病,便带她去医院检查。医生说:"这是老龄人易患的孤独恐慌症。"女儿说:"需要开点什么药吗?"医生说:"无须用药,只需陪伴。"

游 戏

张明进入高三有些吃不消了,课堂上老是打瞌睡,啥也听不进去,于是有了退学的想法。

这天,张明请了病假,回家跟父母说:"最近很想去老家看看奶奶。"父亲生气地说:"这怎么可能呢,你现在都高三了,还想往老家跑,你是不想读了吗?"妈妈说:"高三时间很紧,耽误不得啊,实在累了,我陪你回老家,最多一天时间,得回学校上课啊。"

张明很听话,第二天果真回学校上课了。班主任老师对张明说:"你是不是有些紧张啊,高三了,要学会放松,不要有太大的压力。"张明说:"老师,我老想着爸爸说过的话,他说我是老大,要做好榜样带好头,考不上重点大学怎么办啊?"班主任老师说:"心态决定状态,状态决定成败,最后的百日冲刺不能放松,你要放下思想包袱,凭你的实力考上重点大学是没有问题的。"

高考结束后,张明在电脑桌前,一天到晚玩得不亦乐乎。张明说:"从上幼儿园到高中毕业,每个假期都给补课占用了,这是从来没有过的轻松啊。"爸爸妈妈都没说什么。

　　张明接到医科大学录取通知书,爸爸送他去报到。学校组织体检,说张明是弱视,不能学医。爸爸说:"你考前体检视力还好好的,怎么弱视了呢?"张明说:"可能怪我假期间天天玩游戏。"爸爸惋惜地说:"儿子啊,最苦最累的中学时代你坚持了,刚进大学门便被退学,玩啥游戏嘛?"

临终寄语

爹临终时对我说:"老二,爹对不起你们兄妹,尤其是你大哥,他至今躺在医院,也没人照顾,你们以后要多去看看他啊。"爹说完便闭上了双眼。

大叔说:"你爹上过学堂,是文化人,当年你奶奶去学校拽他回家成婚,他打心眼不乐意,但还是成了家,有了你们。可他在单位,你妈在家,过得都很苦。你请人写祭文时,一定要把这段历史写进去啊。"

我跟大叔讲了爹临死时的嘱托。大叔说:"你大哥当年在省城上大学时,帅气又有才华,同班的一个女孩看上了他。可女孩是省里一位领导家的千金,你爹死活不同意这门婚事。后来你大哥分配到市里的一个大局,局领导的女儿又看上了你大哥,可你爹仍然不同意他们的婚事。几年后,由于这个局长从中作梗,你大哥提副局长的事黄了。从那时起,你大哥一蹶不振,疯疯癫癫。你爹对你大哥一直放心不下啊。"

我不解地对大叔说:"我爹怎么会这样呢?"大叔说:"你爹虽然是文化人,但十分固执,和你爷爷一样,认定了的事,谁都无法改变。在你爹心中,门不当户不对是成不了一家人的。"

先生说:"孩子,那个年代的人都这样,现在自由恋爱和你情我愿的婚姻,那是牺牲了多少代人的幸福才换来的啊。"

大叔哽咽着说:"孩子,你爹的临终寄语或许是一种忏悔吧。"

我满含泪眼对先生说:"如实写,让这段历史画上句号。"

小镇故事

小镇上有一家柴火羊肉馆,每天客人爆满。老吴一年四季,无论天晴下雨,他都准时守候在羊肉馆门口,双眼呆呆地盯着门前的潲水桶,因为潲水桶里的羊肉足够他美美地饱餐一日。

店老板说:"老吴啊老吴,你这身板,种地也不愁吃啊,何必在这捞潲水桶呢?"老吴听了,面无表情地独自走开。

老板娘说:"亏你还是高中毕业生,跟你一起代课的早转正了,一个月工资六七千,吃得完吗?"老吴听了,表情有些扭曲,不做任何争辩。

店里的服务员阿慧抢着说:"他打离婚以后,孩子因病没了,便装疯卖傻,哪还能教书啊?"老板娘掐了一把阿慧的手臂说:"难怪你每天收拾的剩饭剩菜都不见你倒在桶里,原来留给他的呢。"阿慧红着脸说:"他怪可怜的。"

有一天,老板对老吴说:"看在我们是同村人的分上,要不你去理个发,洗个澡,买套新衣服换上,在我这儿打工行不?"说着,塞了三百元钱在老吴手里。

第二天,一个熟悉的身影出现在羊肉馆。老板说:"不错啊老吴,像模像样的嘛,从今天起,你负责掌刀掌秤。"

阿慧对老吴有恩,老吴心知肚明。老吴每每有空,总是帮着阿慧端锅上菜收拾碗筷,农忙季节还请假去帮阿慧耕田耙地。阿慧激动地说:"老吴啊,孩子他爸走后,我成了建档立卡户,挂包帮的同志帮这帮那,你对我这么好,我实在过意不去啊。"

不管阿慧说什么,老吴总是一言不发。老吴每天早早地去羊肉馆生火煮肉,晚上客人走了,收拾整洁便送阿慧回家。

老板满心欢喜地对老婆说:"干脆再凑他们一把火,他俩不都脱贫了吗?"

逃 学

远在省外打工的洋商，接到儿子老师的电话，乘飞机、搭客车，急匆匆赶到了家。洋商对娘说："儿子还没回家吗？"洋商娘慢慢悠悠地说："没呢，你咋来了？"洋商气哼哼地说："我再不回来，儿子还能读书吗？"

洋商娘进了厨房。洋商悄悄找个农药瓶，放一把灰，加满水，摇匀，摆在饭桌上，然后叼着烟，背着手踱来踱去。突然，门"嘎吱"一响，儿子背着书包懒懒散散地进来了。洋商把叼着的烟一扔，箭步跨到儿子跟前，揪住儿子耳朵，大发雷霆："现在有两条路让你选择，要么上学，要么喝下这瓶农药。"

洋商娘从厨房跑出，指着洋商大骂："虎再毒也不食子，你竟然逼自己的儿子喝毒药，俺活了七十多岁，没见过像你这样的父亲。"说完，她一把将孙子揽入怀中，抚摸着孙子的头说："孙子别怕，有奶奶在呢。"

洋商说："娘，你这样护他会害了他的。""害他也比逼他喝毒药强。"洋商的老娘骂骂咧咧地厮打着洋商。洋商"扑通"跪在老娘面前，哭诉着说："娘，老师打过好多次电话，说他经常逃学，这样下去，还考啥大学呢？"洋商娘说："反正我不管，我就这么一个孙子，宁养忤逆子，不断忤逆根。"

洋商无奈地对儿子说："爹和你妈常年在外打工，没时间陪你，等爹联系好那边的学校就带你走。"儿子小声地说："爹，我跟你去了，谁陪奶奶呢？你们在外只顾挣钱，过年也不回家，只有老师打电话说我逃学，你很快就回来了。"说完，儿子从书包里摸出一个红本子，双手递给洋商。

洋商迟疑地接过本子，惊奇地看到"奖状"二字，望着老娘，泪水流个不停。

长寿村

清水村三面环山,一面对着湖水,环境优美,百岁老人比比皆是,因此又叫长寿村。

最近村里八十多岁的牛老汉,总是咳个不停。儿子带他去医院检查,结果让全家人大吃一惊:牛老汉患了肺癌。

不久,马婶的女儿高考体检,发现肝上有一个肿瘤。

昨天,羊阳出了车祸,送进医院检查发现患了肝癌。

村对面湖边的化工厂建厂十多年了,村里年轻力壮的男女都去了厂里打工,老板待他们像亲人一样,哪家有个大事小事,不是派工就是出钱。村里用上了自来水,通了柏油路,昔日宁静闭塞的村庄变得热闹了,贫穷的村庄富裕了,只是化工厂里两根昼夜冒着黑烟的烟囱,遮挡了长寿村阳光明媚的半边天。

最近几年,村里有好几个六十多岁的人相继去世,村民们不以为意。

后来有记者来村里采访,写了报道。这一报道,又引来了专家考察,专家得出结论:长寿村人早逝是因为环境遭到破坏。化工厂老板不等环保部门介入,便拆除化工厂,恢复了村里的原生态。

羊阳康复出院,大伙前来探望。羊阳妈妈对大伙说:"儿子这条命是老板给的,换肝花费几十万啊。"

老 娘

"娘,别种地了,进城享清福吧。"女儿抚摸着老娘花白的头发说。

"城里满街的车子,嘟嘟地叫,满街的人哪里是享福啊,分明是受罪嘛。"老娘不高兴地挪了挪位置。

儿子说:"妈,您也不算算账,扣除玉米种子钱、肥料钱、耕地钱、锄草工钱,种地剩几个钱。"老娘说:"账不能这样算,种地是农民的本分。不种地,拿什么养猪养鸡啊?"儿子说:"那就别养猪养鸡了。"老娘说:"不养猪养鸡,哪有肥料种地啊!"儿子轻轻"哼"了一声:"随您吧。"老娘没听见似的接着说:"你们也不给我多生几个孙子,我不养猪养鸡,闲着干啥?"

兄妹俩拗不过老娘,就依着她。

老娘喂猪养鸡十分上心。猪食菜叶细细地切、熟熟地煮,一天三顿,准时准点。喂猪喂鸡时,老娘还习惯性拿一根小木棍敲打着食盆说:"你们再偷懒,老娘就走了。"猪和鸡懂老娘似的,听到老娘的脚步声,猪就"呜呜"直叫,忙着拱圈门;鸡就扇着翅膀"咕咕"地叫,赶忙围拢过来。老娘把猪圈鸡舍打扫得干干净净。猪粪鸡粪积攒多了,老娘背起篓筐就往地里送。不知是背多了还是不小心,老娘的脚崴了。直到周末,女儿回家才带去医院检查。医生说:"腓骨骨折,必须住院治疗。"老娘说:"我住院了,家里的猪鸡谁养啊?"儿子和女儿发愁。儿子轻声说:"都这样了,还想着猪啊鸡啊的。"老娘把头一扭,边擦泪边说:"不养猪喂鸡,谁陪我说话呢?"

  三个月后,老娘闹着要回家。儿媳摸摸肚子说:"老娘,我要生老二了,你还养猪养鸡吗?"老娘阴沉的脸挂上了几丝笑的纹理,伸手摸了摸儿媳的肚子。

活　着

"父母健在，儿子还小，妻子还年轻，自己一事无成，上没尽孝，下未尽责，我不甘心啊。"史活黑瘦的脸上挂着几颗泪珠，绝望地看着天花板，不时地抹着眼泪自言自语。

老婆转过脸，抹一把泪，玩笑似的说："你狠心撇下我们娘儿俩，我就让儿子改姓。"史活信以为真，拽住老婆的衣袖，将老婆扯翻在床，双手掐住老婆的脖子："你是我的，儿子是我的，不能让你得逞。"老婆喘着粗气，从喉咙根部挤出几个字："你——只有活——活着——什么都是你的。"史活渐渐松开双手，抱头大哭。

史活的老父亲来到病房，拉着史活的手说："精神点，拿出咱老史家人的精气神来，凭咱史家人积的德、行的善，老天会保佑你的。"说完，擦了一把汗，从兜里摸出一个用旧报纸包裹的东西，递给儿媳妇，说："这是我卖牛的钱，你们添补着用。"儿媳接过钱，揉了一下潮湿的眼睛，送公公出了病房,转过墙角,哽咽着说:"爹,看他难受的样子,我人前装笑,背后流泪,我都没了活下去的勇气啊。"公公说:"闺女,你千万不能倒下,我和你妈还指望你们呢。"

史活十岁的儿子来到病房,模仿着老人的口气,慢吞吞地说:"孩子,你的爸爸是个乐于助人的人,是个敬老爱幼的人,他这次生病住院,是上苍设下的陷阱,告诉他,千万不能自暴自弃。我是庄子爷爷,信不信由你。"史活看着儿子,差点笑出声来,问是谁教的。儿子说:"我昨晚做的梦。"

一个月了,史活的父亲终于接到儿子的电话,早早赶到公路口,坐在牛车上,叼着烟袋"吧嗒吧嗒"地抽,过一辆车,看一眼,咋还没到呢?

期　待

　　上课铃声响起，班主任背着手，琢磨着高考题似的，踏着最后一声铃音踱进教室。教室里风平浪静，班长来不及喊起立，球迷同学突地起身："报告老师，这节课不上行吗？"班主任莫名其妙地盯着球迷。

　　班长如梦初醒，机械地喊着："起立，敬礼。"

　　"班长大人，你什么态度？"少言寡语的冷清同学迟疑地盯着班长，不慌不忙地说。同学们看看冷清，又看看球迷，最后把目光定格在班主任身上，异口同声地说："行还是不行，老师？"班主任说："还有两天高考了，你们说行吗？"刁明同学说："三年了，我们天天练，周周考，练得四肢发软，考得头脑发昏，请老师高抬贵手，给我们一节课的自由吧。"

　　冷清同学兴奋地竖起拇指说："刁明同学正好说在俺心坎上。"球迷同学不冷不热地说："高考不差这一节课，清华北大谁不想上,社会发展啥人才不需要。"

教室里,掌声响起。刁明同学毫无顾忌地说:"老师,这是我们毕业前的一个小小心愿,你就依了我们吧。"球迷同学抓抓头,扯扯衣,一本正经地说:"请班长带个头,唱一首歌,朗诵一首诗,说一句最想说的话,讲一个最难忘的小故事,或者说,只要能表达分别之际的最好祝愿都行。"话音刚落,全班同学齐呼,个个跃跃欲试,局面难以控制。

高考在即,班主任悬着的心硬是放不平,叹了一口气,怎么会这样呢?尴尬迟疑约莫两分钟,他说:"你们再看看书,我再看看你们。"

教室里空气沉闷,老师的汗珠落地有声,同学们像被晒蔫的小草,耷拉着头,期待着老师的回心转意。

母亲的遗愿

喜富一家四口，不幸遇到车祸住院。喜富天天担心自己像关在鸡笼的一只鸡，不知道哪天轮到自己上了餐桌。他一遍又一遍地拷问自己，到底还能活几天？

喜富胡乱的思绪被打断了。医生说："喜富先生，你的母亲正在抢救，推你去隔着玻璃窗看一眼吧。她一直呼唤你的名字，不知道她老人家到底想说点什么。"

医生从抢救室出来说："我们尽力了。"喜富欲哭无泪，昏倒在地，再次送进重症监护室。

第二天，喜富醒来，医生看他情绪稳定，拿出一个纸条递给他说："喜富先生，你母亲临终前给你留了一张纸条。"喜富的手刚抬到半空便自然下垂，落到床沿上一动不动，重症监护室的医生又一阵忙活。

喜富的全身插满管子，双手双脚挂着吊针，全身上下几乎没有插管打针的地方，他看到护士便直打哆嗦。两个月后,医生说:"你总算活过来了。"

喜富说:"我想见妻子和女儿。"医生说:"她们和你一样,已脱离危险,你母亲的纸条也转给她们看了,她们都说听你的。"说完,把纸条交给了喜富。

喜富激动地说:"从地狱打个转不容易啊,出院那天,我要领着她们娘儿俩,好好感谢医院。"说完,拨通公司电话,通知财务科转款三百万到医院账户。

医生吃惊地看着喜富,然后伸手摸摸他的额头说:"你没发烧吧?"喜富说:"我的公司过去只关注贫困地区的教育,还没有为医院做过好事,母亲早有预感,纸条上写了八个字:好好活着,记得感恩。

"我是兑现母亲的临终遗愿,让她安心上路。"

三喜临门

鸣凤把碗筷往桌上一甩,满脸抱怨地说:"你还有心思喝酒,'贫困户'的身份也不脸红,平时牛都能吹上天,关键时刻你就是个缩头乌龟,还在人前说认识这个认识那个的。"

老六呷一口酒,抿抿嘴,不紧不慢地说:"不要这么大的脾气嘛,不就是批个建房申请嘛。"

"我看你这个'贫困户',住着这破房子,还想讨个儿媳妇。"鸣凤不停地唠叨着。

老六装没听见。

鸣凤气不过,抓起一只老母鸡,背起背篓出门了。

两个小时后,鸣凤回来,骂骂咧咧地说:"排了两小时的队,旁人笑我把鸡背进大厅,臭死人了。我气不过,上街把鸡卖了。"

老六说:"等着看我的吧。"

一个小时后,老六提着一个纸箱回来了。

鸣凤说:"怎么提一大个纸箱回来了?"

老六喘了一口气,慢悠悠地说:"纸箱是我出两块在香烟店买的。"说着,从上衣口袋里掏出建房申请,在鸣凤眼前得意地晃了晃。

鸣凤高兴得合不拢嘴,伸手就抢。

老六一闪,把申请举过头顶,摆起龙门阵:"我一进办事大厅,办事员看我扛一个'大重九'大纸箱,非常客气地接过申请一看,二话没说,签了'同意'二字,又盖上公章,妥了。"

鸣凤一听,赶紧把纸箱铺上一块红布,放在供桌上面,点燃三炷香火。

老六看鸣凤神秘兮兮的样子,笑着说:"别忙活了,神的不是纸箱,是'大重九'三个字。"

鸣凤有些摸不着头脑。

老六接着说:"领导还说,贫困户盖房要鼓励,盖好房子还有两万块钱的补助呢。"

鸣凤跺跺脚,高兴地说:"咱们家年底住新房、讨儿媳、脱贫了,三喜临门有望了。"

年前入户

腊月二十七了,张鹏放不下自己的帮扶对象,尤其是李婶家。

"张老师,你们还来吗?要不给我买台电视,配张沙发,还有过年的米。"李婶拨通了张鹏的电话。

"那么巧啊李婶,我正想来看看你呢。你家的电视和沙发想换新的吗?"张鹏挂了电话,带上年货,去了李婶家。

李婶把屋里屋外打扫得干干净净,干净得仅剩客厅正墙上张贴的天地牌位。张鹏打趣地说:"李婶,你儿子还没回来吗?"李婶哽咽着说:"出去两年了,至今没什么音讯。"张鹏又问:"你女儿呢?"话音刚落,李婶的女儿提着大包小包回来了。

李婶的女儿见此情形,疑惑地说:"妈,家里的电视沙发都搬哪去了,也不让客人坐着说话?"李婶慌张地瞅了一眼卧室门,挡在女儿前面说:"快把包放在客厅吧。"

李婶的女儿不解，推开卧室门，责怪地说："妈，你怎么能这样呢？"张鹏无意探头一看，沙发、凳子、电视机全搬进了卧室。

李婶尴尬地说："都怪你那死不掉的堂哥，昨天来我们家，生拉活扯把家具搬进卧室，便叫我给张老师打电话，真丢人。"

李婶的女儿说："我上大学时，家里困难，国家帮我们，现在我有工作了，哥又在外打工，不能再享受贫困户待遇了，更不能变着法子要这要那。"

李婶红着脸说："娘糊涂了，快把家具搬出来，我去做饭。"

饭桌上，李婶叫女儿倒了三杯红酒，激动地对女儿说："张老师经常来看我，比你们还来得勤，你可要把张老师当亲人看啊。"

女儿灿烂的脸上飘起了一团火焰，支支吾吾地说："我以为张老师是个大叔呢，原来还是个帅哥，来，我敬你。"说完，脸上的火焰变成了几朵桃花。

催儿子回家过年

大春结婚后,两口子一直在外打工,用了五六年的时间,盖了一幢像别墅一样的大房子给父母守着。

近两年,大春一直没时间回家过年。

腊月十八这天,大春爹蹲在门口,抱着水烟筒,一个劲儿地吸,吐一口烟,嘀咕一句:"儿子不养爹,孙子吃爷爷。"再吸一口,咳一声:"你看看,考试刚结束,老师就叫我去训话。"

夜深了,大春爹愁得睡不着觉,一个人坐在沙发上吸烟,大春妈就陪着。大春爹说:"他妈,你去看看二孙睡了没有?"

大春妈轻手轻脚推开二孙的房门,二孙大声喊着:"上来了,上来了,断了他的后路,给我打。"大春妈被吓得后退两步。

大春爹摇摇头说:"这个二孙,他没日没夜玩游戏,再不听话,干脆让他爹妈带走。"

大春妈暗自思忖,大孙从小就带出去读书,在外地考取高中,只能上民办的,交费那么高,哪来的钱啊,不照样回来读吗?

大春爹叹一口气,吸一口烟说:"这个二孙,读小学一到三年级,考试成绩都数全班第一,还当班干部。现在怎么变成这样了呢?

"班主任三番五次地说,这个孩子上课就睡觉,成绩下降快,令人担忧。"

大春爹想起班主任的话,有些后怕,再次与老伴商量:"俺不是推脱责任,孩子的前途要紧,还是赶紧叫大春他们回来吧。"二孙冲出房间,揉揉眼,扭着脖子,歪着头说:"他们两年没回家过年了,我肯定是他们抱养的,我干吗帮他们读书?"

大春爹急了,拨通大春的电话就吼:"今年过年必须回来,年后要去,就把你家老二一起带走。"

大春在电话那头兴奋地说:"爹,我们已经坐上回家的车了。"

见面礼

老战友好久没喝两口了。赵老五提着两提酒来到钱老二家。

"你是无事不上门,有事就直说呗,还带啥礼嘛。"钱老二开门见山地说。

赵老五把两提酒往桌上一放,看着钱老二,嘿嘿地笑着。"也没别的,我想着你啥好酒没喝过,今天带两瓶胜境德酒和你品品,你可别小瞧啊。"

"好嘞。"钱老二让老伴去弄几个下酒菜,今天和老战友好好喝几杯。

菜一上桌,赵老五忙着斟酒。钱老二鼻子一吸,说:"这是哪儿生产的酒啊,那么香。"

赵老五把装酒的盒子往钱老二面前一推。"你看看,酒厂在胜境街道凉水井村,纯粮酿造,香满五湖,名不虚传吧。"

钱老二是身价上亿的煤老板,平时喝的都是贵州茅台,无名气的地方酒,他从不看在眼里。现在老战友提来了,他也不好拒绝。

赵老五似醉非醉,端着酒杯歪着头激动地说:"这酒也算是乡村振兴酒,作为家乡人,你应该支持一下。"

钱老二看着战友嘿嘿笑着:"你还那么文绉绉的,我也撑不住了。"说完,抱着包装盒翻来覆去地找寻,然后拨通电话:"胜境德酒厂吗?我要订酒,专供接待用……"

满屋的酒香味,醉得老伴歪歪斜斜地走到桌旁说:"你两兄弟见面就醉。"说完,端起老头子的酒杯,舔了舔。

任　性

大黄脖子上套着一根铁链，在大门口悠闲地躺着。

白鹅迈着方步，趾高气扬地走到大黄身边，咯咯咯地叫着，大黄有点烦躁。

白鹅扑棱扑棱扇着翅膀，在大黄的屁股上啄了两口。

大黄急了，回头一口，紧紧咬着白鹅的脖子，再踩上一只脚，头一甩，用力一撕，白鹅的身躯被分成两段。

白鹅任性挑逗，付出了代价。

男人一看，气愤地冲到大黄身边，狠狠地踢了大黄两脚，说："同在一个屋檐下，有什么不能容忍的呢？"接着，掏出手机，嘀嘀咕咕，唠叨了一阵。

半小时后，狗肉馆的老板开着微型车进入院子，男人忙着去解大黄脖子上的铁链，嘴里骂着："你得为你的任性买单。"

女人看出了男人的心思，忙说："老公，你没听说吗？

人的命是用狗的命换来的。每年吃年夜饭时，家家户户得让狗先吃。狗有灵性，它先吃肉，来年肉贵，先吃饭，来年粮贵。卖了大黄，就等于要了咱家的命。"

男人说："平时我对它不薄，我吃什么它吃什么，天天跟它在一个院子里的白鹅被它一口就咬死了，你说气人不气人？"

女人又说："有了大黄的坚守，咱家的东西连根柴都没丢过，你忍心吗？你看着它每天吃吃睡睡，若无其事，其实它睡安稳了吗？但凡有点什么动静，它就吼个不停，这些年，咱家多安宁啊！"

大黄听出了男人女人的话外之音，既自豪又气愤。男人说话时没留神，铁链刚一脱落，大黄往前一纵，撞墙而死。

第二天一大早，女人打开牛圈门，"啊"了一声，瞬间晕倒。

男人捶胸顿足，抓起铁链抖了抖，我怎么比大黄还任性呢！

年　味

十年前，王先生带孩子去省城医院看病，认识了同一间病房的白先生。两人一见如故，有一种相见恨晚的感觉。王先生说："白先生，请你给儿子取个名字吧。"白先生毫不犹豫地应允了。就这样，王先生和白先生结成了亲家。

白先生，哈尼族，家住普洱市墨江县泗南江乡洛萨村委会大鱼洞村，距离王先生家五百多公里，由于路途遥远，双方只能在电话里交流。

十年了，王先生很想去看看白先生。于是，年前发短信给白先生说，大年初二要去拜访他。白先生回短信说，非常欢迎。第二天，白先生调皮的儿子偷偷地给王先生打电话说："他爸爸昨晚兴奋得没睡好觉，还发愁了。"王先生问，愁啥呢？白先生的儿子说："他爸爸说家里穷，不知道如何招待？"王先生开玩笑地说，既然这样，就不来了。说完，又补了一句："十年前，墨江县城通往泗南江乡的公路还是凸凹不平的土路，大鱼洞村根本就不通公路，我们一家人在乡政府所在地住了一宿就返县城了，是在县城见你爸的。"白先生的儿子回复说："现在路通了，县城通往乡政府的是柏油路，只是到村里还有八九公里的土路，车子是可以直接开到村里的。"王先生告诉白先生的儿子说："初二住墨江县城，初三去他家。"

初三早上八点，王先生刚起床，白先生发来了一张正在刮羊毛的图片。随后，白先生的表哥打来电话问王先生在哪个位置，他要来接。王先生跟妻子说："亲家太热情了，大早起来就宰羊，还安排他表哥一会儿来县城接我们。"王先生的妻子感动地说："这年月这样热情的人不多呢。"王先生说："还是少数民族热情好客啊。"

白先生的表哥在县城工作，九点钟开车来接上王先生一家，直奔大鱼洞村。王先生的车子跑了五十八公里的柏油路后驶入通往大鱼洞村的土路。白先生的表哥说："这条穿过橡胶林，又弯又陡的土路，从山脚到山顶有九公里，是脱贫攻坚的项目工程，年前挖出来，开年准备硬化。"

大鱼洞村里，乡文化站的演出队正在表演民族舞蹈。王先生的车刚停下，村里人过来打招呼的、领路的、帮忙拿东西的，十分热情。白先生家门口，摆了几张饭桌，像办婚宴一样。宰羊的、洗虾的、杀鸡杀鱼的，很是热闹。

午饭后，白先生的兄弟姐妹邀请王先生一家登门做客。每到一家，他们都送王先生礼品。刚砍的芭蕉、新摘来的橄榄果、家里养的小土鸡、河里刚打捞的鱼虾，等等。王先生说什么也不要。白先生的兄弟姐妹硬是把东西塞到车子里。

王先生看看妻子，做了一个无奈的动作。

王先生的妻子看看儿子，感动地说："儿子，这就是年味，只有在农村，只有在少数民族地方才能品尝到的年味。"王先生接着说："这就是少数民族的盛情，这就是浓浓的、暖暖的民族祥和的年味。"

和风吹拂着大地，欢快的民族音乐在山间荡漾。白先生紧紧地握着王先生的手说："国家政策好，我们的衣食住行都不用愁了，以后一定要经常来做客啊。"

一张纸条

大朋娶了一痴呆女子为妻,痴呆女子给他养了六个儿子,家里还有一个八十二岁的老母亲,全家住着两间不足四十平方米的小瓦房,是本村建档立卡贫困户。

工作队第一次进村入户,看到大朋脏兮兮的妻子坐在火塘边流着口水,老大老二赤裸着上身在一旁傻呵呵地笑着,其余两个孩子赤身裸体,黑不溜秋地在堂屋中间追打着。大朋妈忙着递过一个三只脚的小木凳子,嘴里不停地骂着:"这个砍脑壳的,就只会跟那些不三不四的人在一起赌,一天到晚不归家。"然后转向大孙子,"去把你爹叫回来。"

大朋进了屋,看了看扶贫工作队的同志,慢腾腾地说:"你们找我什么事?"队长说:"我们是扶贫工作队的,了解一下你家的生活情况。"大朋很随意地掏出一包云南印象香烟,工作队的同志吃惊地看着大朋,连连说:"不会抽,不会抽。"大朋妈在一旁数落着:"这个背时儿子,从小任性惯了,正事不做,还死要面子。你们看看,房顶漏雨他不管,孩子生了五六个,自己又养不起,一个远房亲戚看不下去,给了两万块钱带走了两个,现在还有这四个,他也不管。我都八十多岁了,哪还管得了啊?"大朋圆睁着一双牛眼狠狠地盯着老妈:"你们别听我妈瞎说。"工作队的同志实在看不下去,不约而同掏出钱包,拿出两百元钱给大朋妈。说时迟那时快,大朋从老妈的手里顺手接过六百元钱,看看工作队的同志说:"我妈年纪大了,让她拿着不放心。"队长摇摇头,无奈地掏出笔,写了一张纸条递给大朋,临走时说了一句:"看在孩子的分上,请你先给几个孩子添置点穿的。"

工作队第二次进村走访,依然看到大朋脏兮兮的妻子坐在火塘边流着口水,老大老二赤裸着上身在一旁傻呵呵地笑着,其余两个孩子赤身裸体,黑不溜秋地在堂屋中间追打着。大朋妈忙着递过那个三只脚的小木凳子,嘴里不停地骂着:"这个砍脑壳的,又去哪混去了。"然后转向大孙子,"去把你爹叫回来。"

大朋进屋,挨个地看了看,高兴地说:"你们又来了。"队长说:"我们这次来,给你带来了翻修房屋的瓦,两头母猪、一百公斤洋芋种。希望你把房子拣拣瓦，喂养两头母猪，种点板田洋芋，增加些收入，日子就慢慢好起来了。"大朋懒洋洋地"嗯"了一声。

工作队第三次进村回访，大朋脏兮兮的妻子依旧坐在火塘边流着口水，老大老二赤裸着上身在一旁傻呵呵地笑着，其余两个孩子赤身裸体，黑不溜秋地在堂屋中间追打着。大朋妈忙着递过那个三只脚的小木凳子，嘴里不停地骂着："这个砍脑壳的，又去哪晒尸了。"然后转向大孙子，"去把你爹叫回来。"

不一会儿，大朋儿子回来说："奶奶，我爹说了，别耽误他斗地主，不给钱他不回来，叫叔叔们把东西留下就行了。"大朋妈站在一旁直叹气。队长安慰着大朋妈："大妈，别急，我就不信这个邪。"

工作队干脆安营扎寨，以抓民风村风为突破口，以整顿村容村貌为载体，实行整村推进，建设美丽家园。

一年后，大朋搬进了新房，正忙着贴对联，儿子戴着红领巾，气喘吁吁地跑来说："爸爸，叔叔们又来了。"刚说完，队长们已经来到门口，定睛一看，笑着说："大朋兄弟，行啊，把我的两句话都当对联贴门上了，竟然还加了一个横批。"说完，竖起大拇指。工作队的其他两个同志不约而同地念着:"吃了种粮饿死老娘,恶习不改穷根难断。"然后把目光转向队长,鼓起了掌。大朋忙解释:"都是队长纸条给激发的,我加这横批'让你看看',你不会生气吧?"

散　步

清早散步，空气新鲜。女人边走边说，男人静静地听。

女人说："早晚坚持散散步，抵抗力是要好些，你过去只要天气一凉，鼻子就堵，吹不通气，甚至瘪咳瘪咳的。这两三个月下来如何？"男人说："是啊，感觉是好得多。"

男人走着走着就打哈欠，几个哈欠过后，就流眼泪。女人就说："你看看，大街边上，人行道上，练功的、跳舞的，东一群西一群，放着响亮的音乐，男女老人都在一起锻炼身体，你硬是要到老了才锻炼吗？"男人说："县城没个公园可逛，车多人多灰尘多，噪声又大，出来也挺烦躁的。"女人又说："昨夜刚下过雨，今天早上还不错啊。"男人勉强应了一声"嗯"。

后面有两口子赶了上来，男的是女人的同学，女的是男人的同学。撞到一块，打声招呼，问声好，并一同朝着回家的方向走着。

女人的男同学说:"县城是个山城,唯一休闲娱乐的场所就是南城山公园。天刚亮,不分男女老少,总有那么多人不约而同,爬到山顶绕几圈,甩甩手、压压腿、伸伸腰、吊吊嗓,扯一阵儿闲,聊一会儿天,出一身汗,各自回家,该干啥干啥去。"男人的女同学忙着插嘴:"南城山公园,山小面积窄,容纳的人有限,人多、风大,嘈杂得很。我不喜欢爬上去散步。早晚就喜欢叫上他一起在北县城大街上绕一圈,大约三公里,边散步边聊天,蛮好的。"男人问:"你们常去南城山公园吗?"男人的女同学说:"我们住南城的不去那去哪啊?"女人的男同学接着说:"尤其是晚饭后,同样不分男女老少,总有那么多人不约而同,爬到山顶绕几圈,甩甩手、压压腿、伸伸腰、吊吊嗓,扯一阵儿闲,聊一会儿天,出一身汗,或进茶室喝茶,或回家看电视,或抱着手机翻微信上网聊天……"

女人是个医生,她知道健康的重要,更知道生命在于运动,健康需要保养。她说:"我们这代人,上有老下有小,工作压力又大,身体处于亚健康状态的比比皆是。许多人都在家庭和工作之间疲于奔命,忽略了自己的健康。"男人说:"是啊,谁不想要健康?如果一个人没有了健康,生活还有什么意义?"

女人的男同学说:"在大街上散步,总是有那么多的运煤大车扯破嗓子似的鸣着号,呕断肠似的喷着烟雾,卖命且吃力地奔跑着,这烟雾这噪声刺鼻刺耳。"男人说:"住北城的人,这就是唯一的选择了。"女人的男同学回望一眼北城区,又说:"政府为了改善县城人民的生活环境,现在正加紧北片区开发,在南城和北城交界处修建了玉顺湖公园,三纵九横的大街已初具规模,大体构成网状图案,还愁以后没逛处?你们住北城的好日子就近在眼前了。"

女人说:"北城区的大街都修那么长时间了,要不,我们明晚就去走走看看?"大家都说行。女人又说:"再不出来走走,以后我们都要变成城里的陌生人了。"男人说:"如此说来,将来的县城,南有南城山公园,北有玉顺湖公园,中间有条胜境大道贯穿南北,我们住北城的人,早晚出来就可以走在胜境街上观胜境,逛到玉顺湖畔找感觉了。"女人还说:"再没有个去处,一家人就只会和手机打交道了,沟通少了,隔阂多了,矛盾也就多了,简直弄得不像个家庭了。其实啊,出来散步,是一种放松,是一种减压,更是一种散心,它直接关系到一个家庭的和谐啊!"男人突然怪声怪气地对女人说:"我算明白了,一个城市的配套设施直接关系到社会的和谐问题。"女人像受惊似的责怪着男人:"我以为你发现什么新大陆了呢?大惊小怪的。"

说着说着,他们到了分手的十字路口,相约:明天,一起散步。

爱到深处

聚福楼鸳鸯厅,轻音乐响起。杜鹃在餐桌的正中央点燃了一支蜡烛,倒好六杯酒,然后递了一瓶可乐给孩子,端起酒杯对公公婆婆说:"爸,妈,感谢二老像待亲闺女一样,帮我做饭带孩子,你们辛苦了,我敬二老一杯。"说完,一饮而尽。接着她倒满第二杯酒,起身对自己的父母说:"爸,妈,我是你们的心头肉,女儿让二老失望了。我相信,不管我做什么决定,你们都会支持我,感谢二老的包容和理解,敬二老一杯。"说完,又是一饮而尽。杜娟又倒满第三杯酒,起身对蓝心说:"蓝心,我们毕竟相爱过,并且有了孩子,为了我们各自都能开心快乐地生活,为了孩子的健康成长,我们好聚好散,今晚我做东,喝了吧。"蓝心端着酒杯,看着杜鹃,又看看四位老人,最后把视线落在女儿身上。

杜鹃盯着蓝心说:"蓝心,当年你连续三天晚上守在我的门口大声说,杜鹃,开门吧,我会爱你一生一世,嫁给我吧。我当时幸福极了,暗自高兴,非你不嫁。如今女儿都十五岁了,我也是四十岁的女人了,可你还想让我生老二,我下定决心不想生了,你却说'如果不生,只有离婚',你把酒喝了,我们分手吧。"蓝心低着头,欲言又止。

杜娟看看公公婆婆,又看看自己的父母,接着说:"昨天夜里,我突然听到咯吱一声门响,我走出卧室一看,你趴在地板上,嘴里不停地嚷着,'老子看你还能坚持多久,你不是不想要老二吗?那就离婚'。我说,等你酒醒了再说行不?你说,'老子不醉,老子今晚去找小姐了,你能把老子怎么样?'我气不过,回到卧室,写好了离婚协议。"杜娟拿出离婚协议书递给了蓝心。

蓝心拿着协议书,轻言轻语地说:"杜娟,你怎么当真了呢?当老人和孩子的面,还是别说这事吧?"

杜鹃侧身指了指协议上的"签字处",然后把笔塞进蓝心手里,大声地说:"签字吧,省得我明天向法院递交诉状了。"接着,杜鹃转向自己的爸妈说:"我请了公休假,明天要带孩子去旅游,今天在此一聚,就算画上句号了。"

四个老人莫名其妙地看看杜鹃,又看看蓝心。蓝心把椅子放一边,退后两步,扑通一声跪下,连掴自己三个嘴巴,给四位老人磕了三个响头,然后跪着转向杜鹃说:"杜鹃,请你原谅我吧,都是二两猫尿惹的祸,我发誓,从此不再喝酒,也不再提生二孩的事了,一定好好爱你,好好爱我们这个家。"

蓝心的父亲看不下去了,指着儿子大声说:"杜娟说不生就不生了嘛,你耍什么酒疯,要不是杜娟今天说出来,我们还一直蒙在鼓里呢,你真不是个东西。"说着,伸手朝儿子打去。杜鹃的爸爸说:"娟娟啊娟娟,怎么动不动就把'离婚'二字挂在嘴上呢,过日子不就这样吗?蓝心提出要生老二也没有错啊,再说,谁没个嗜好,你爸不也喜欢这二两吗?别胡闹了。"

女儿看着爸爸狼狈的样子,大声说:"妈,我都饿死了,还不让吃饭吗?"杜鹃抿抿嘴,镇静地说:"蓝心,在孩子面前,别跪着不动了,孩子也饿了,我陪你喝个够,不醉不散。"

蓝心轻手轻脚地挪到椅子上端端正正地坐着。

杜鹃的第四杯酒下肚,趴在餐桌上,嘴里不停地说:"你不要我们娘儿俩了,你不要我们娘儿俩了。"

聚福楼鸳鸯厅,轻音乐继续响着:"让我再爱你一次……"两亲家公端起酒杯你来我往地互敬着,两亲家母相互往对方碗里夹菜，气氛渐渐缓和。

杜鹃晕乎乎地说着酒话，蓝心却不敢沾半滴酒。杜鹃的妈妈暗示蓝心说，赶快送杜鹃回家吧。

女儿说："爷爷奶奶，外公外婆，你们慢慢吃，我陪爸爸送妈妈回家，妈妈明天就没事了，我知道，她太爱爸爸了，这一招叫'爱到深处，借酒撒娇'吧。"

第二天一大早，杜鹃领着女儿出门了。

兄　弟

赵清和钱霞大学毕业后，进了一家效益不错的公司，两人相爱结了婚。赵清的父亲买了套两千多万元的海景别墅作为结婚礼物送给他俩。从此，两人便过上月领高薪，饭来张口、衣来伸手的温馨日子。

漂亮的别墅里，住着保安和保姆，保安牵着狗看家护院，保姆跟在后面聊天看海。保安说："我帮你擦地板，你陪我看海，我守在门口等你烧好饭叫我，多像一家人啊！"保姆笑笑："哼，你想得美啊！"保安便哼着自己改编的《天仙配》插曲："你洗衣来我看门，你炒菜来我端盆，你我成双不能分。你擦地来我巡逻，家里只有你和我，双双照应为生活。"保姆捧腹大笑。

一年后，保安和保姆相爱结婚了，十个月后生了一个胖乎乎的儿子，他们领着月薪三千的工资，住着海景别墅，没有还贷的压力，不需要付房租，小日子过得悠闲自在。

保安把别墅周围的花草打理得像模像样。保姆做的饭菜让赵清和钱霞吃了总觉得还想吃。赵清每次回到家,看看自己的别墅,吃着保姆做的饭,心里总有一种离不开他们的感觉,心情好时,还常常给保安保姆发点补贴。

赵清的父亲是当地有名的煤老板,拥有上亿元资产,因采矿手续不全,安全措施不力,导致煤矿发生重大安全事故被抓,煤矿被查封,欠下一屁股的债。无奈之下,赵清夫妇商议,用海景别墅做抵押,贷款两千万,再找父亲的老朋友东借西凑,该交的罚款交上,该给的赔偿费赔清,平息了事态,给患病的父亲办了保外就医,父亲免除了牢狱之灾。赵清夫妇从此背上了不堪重负的贷款,四处兼职,拼命工作,省吃俭用。赵清做梦都没有想到,昨日还坐享清福,今日却负债累累。

赵清的父亲沉着地说:"清儿,辛苦你了,爹不会就这样倒下的,爹才五十多岁呢,爹在这块土地上跌倒,一定会在这块土地上站起来。"赵清说:"爹,你又有什么新的打算呢?"父亲坚信地说:"凭我开煤矿多年的为人,没少帮邻村的村民啊,邻村的水电路网,哪样不是我煤矿做的?他们哪家办事我不是派工就是出钱,你爹深得民心呢。再说,你上大学时,你的大学老师来这儿考察时说,这一带的土壤和气候比较适合种植苹果，我一直记着呢。"赵清点点头。父亲接着说："我要承包邻村的土地，发展苹果种植业，相信邻村的人一定会支持我的。何况水果栽培是你俩的专业，我怕什么？"钱霞拍了拍赵清的肩膀说："是啊，我们怎么没想到呢？"

赵清说："我们干脆把保安保姆辞退了，能省一笔费用。"钱霞说："怎么行啊，我又不会做家务，我俩现在要去几家公司兼职，哪有时间打理这个家啊？何况他们那么负责！"正说着，保安找上门来了。保安说："东家，不用辞退我们了，我们家虽说是农村建档立卡户，没车没房，可领着你们的工资，住着你们的别墅，还享受着国家的各种补贴，生活得幸福美满，你们出了这么大的事，你赶我们也不走。这样吧，我们这几年也有四五万块的积蓄，原本打算给老父亲置办一口棺材的。你们现在有难，我拿出来支持你们，能帮多少帮多少。至于工资，可以不给我们，就当我们帮助你们了。"赵清说："这哪行啊！"钱霞没吭声，只是看着公公。赵清的父亲说："这样吧，五万块算借我们的，利息照付，工资按月记着，到时候一笔结清，和我们一起生活，费用我们承担。"赵清的母亲拉着保姆的手说："谢谢你们了。"转身又拉着钱霞的手说："姑娘啊,你俩也该要个孩子了。"钱霞说:"妈,等等吧,等还完贷款再说嘛。"过了一会儿,赵清拉起钱霞的手说:"走,我们去完成爹的苹果种植计划书吧。"

三年一晃过去了,赵清父亲的果园挂果了,赵清给父亲种植的苹果注册为"晚霞苹果",钱霞建了一个网络销售平台,挂上一句广告语"晚霞无限好,只是未尝到"。很快,苹果订单接踵而至,远销国内外。赵清终于露出了笑脸,高兴地搂着妻子说:"小霞,我们再帮爹设计一个方案,建一个集旅游、服务、采摘、加工、销售于一体的生态公园,取名晚霞苹果生态园。这样做强做大苹果产业,把邻村建成美丽乡村,让更多的人得实惠。你说好不好?"钱霞笑嘻嘻地扯着赵清的耳朵说:"不愧是我老公,野心不小啊!"赵清放开钱霞,摸摸钱霞的肚子说:"做完爹的方案,就该做这儿的计划了。"钱霞"咯咯"地笑着说:"傻瓜,都快一个多月了,还等你做计划?"赵清高兴地抱起钱霞,在客厅转了好几圈:"你怎么不早说呢?"

赵清父亲的"晚霞苹果生态园"挂牌仪式刚刚开始,赵清接到了保安打来的电话。保安说:"我们在医院,嫂子生了,是一对龙凤胎,你在那边忙完就过来,还等你给孩子取名呢。"赵清高兴得合不拢嘴,顺口就说:"不是还有几天嘛,这俩孩子真会赶热闹。"说完便挂了电话,叫上司机,直奔医院。

赵清赶到医院,往保安手里塞了一沓钱,急匆匆地说:"兄弟,你去给孩子办出生证吧,孩子的名字叫'凤苹'和'龙果'。"

赵清冲进病房的一瞬间,保姆在床前给钱霞喂荷包蛋呢。

听　课

春季学期，阳光明媚。黄威的天气，尤其是中午过后，闷热难受。下午听课，是要流几身汗的。要是上课的老师没激情，课堂平常、氛围沉沉；听课的老师难免要打几次哈欠，揉几下眼睛的。今天恰好要听的就是下午第一节课。

上课铃声响起，学生刚坐落，李梅老师抱着一个两岁多的小女孩走进了教室。

教室里异常安静，学生翘首以待。

李梅老师并没有异常的感觉。走到讲桌前，放下孩子。

"上课。"

"起立。"

"同学们好！"

"老师好！"

"请坐下。"

就在老师喊"请坐下"这一瞬间，前排座的一个女生悄悄地对李梅老师说着什么,然后用大拇指做了一个朝后的动作。李梅老师朝后瞟了一眼,似乎发现了校长和我在后排坐着,瞬间满脸通红,弯下腰,抱起孩子,走向了靠窗一组,把孩子放在了一张空桌椅上,随便找了一支笔几张纸,低声告诉孩子要听话乖乖地,然后回到讲桌前开始上课。

校长把头凑到我的耳边,悄悄地说:"听说她婆婆生病住院了,她丈夫可能也有课,这是一对双胞胎。"我没说什么,只是"嗯"了一声并静静地听课。校长解释之后,一脸的包容,十分自然。

老师讲解得激情奔放,学生听得津津有味。

这是一节作文课。老师的导入很特别,她说:"学生有三怕——一怕写作文,二怕文言文,三怕周树人。"学生你望望我,我望望你,相互笑笑,以示认同。她接着说:"同学们能和我谈谈你们写作文的感受吗?"同学们个个争先恐后。一个说,我最大的感受是没话可说。一个说,我是想到什么就写什么,谈不上什么构思。再一个说,我也有同样的感受,同时还不会谋篇布局,不会修改,写完就了事。老师打断同学们的发言:"我们这节课就来一起学习作文时谋篇布局的一些技巧吧!"正当此时,孩子"哇"

地大叫一声："妈妈，我要尿尿。"全班学生的目光同时聚焦到一点，看着孩子发呆。老师无语，脸色突变。又是那个女生悄无声息地走到孩子身旁，抱起孩子就往垃圾桶边走去。同学们的目光又不自觉地随着这个女生的行踪扫描了一遍。老师慢慢地回过神来，接着讲课。"下边请同学们尝试运用排比段式，以'读书'或'感恩'为话题进行写作训练，十分钟后各自展示。"校长叹了一口气，一脸的沮丧，十分尴尬。

课堂互动此起彼伏，学生十分投入。

李梅老师打开教本，点击白板，精美的课件展示在学生面前，一首轻快的背景音乐响起。课堂上，她一边巡视，一边点拨。"写作是一曲心灵泉水的涓涓流淌，写作是一缕生命印迹的久远划痕，写作是一种向死而生的心灵体验，写作是一桩拷问灵魂的真实事件。"她激情奔放，伴随着悦耳动听的普通话，学生听了，似乎突然生发灵感，很快完成了写作提纲，同时举起了手，示意展示。李梅老师按照选题的归类，把学生分成了两大组。师生互动此起彼落，合作探究精彩呈现。恰在高潮时，孩子又一声尖叫："妈妈，我饿，我要哑奶奶。"教室顿然鸦雀无声。李梅老师望着校长，校长望着学生，学生望着李梅老师，我看着孩子，孩子跑向李梅老师。孩子拉着她的手，嚷嚷不停。李梅老师无奈，脸色又一次突变，红一阵紫一阵，不知所措。还是那个女生，灵机一动，顺手从桌子里拿出一瓶矿泉水，递给李梅老师。李梅老师接过矿泉水，告诉孩子说："宝宝乖，姐姐给你的矿泉水，你去一边喝吧，妈妈一会儿就下课了，下课就带你回家找哥哥。"孩子抱着一瓶矿泉水走向了自己的座位。李梅老师又开始了自己的讲解。校长咂了咂嘴，一脸的痛苦，十分狼狈。

李梅老师简单小结，布置当堂作业。

"同学们，考试作文，开头要像凤头一样漂亮，中间要像虎腹一样充实，结尾要像豹尾一样刚劲有力。三者严格照应，成为整体。如果运用排比段式，应注意掌握时间顺序、空间顺序、颜色顺序……下面，请以'×××伴我读书'为题，联系实际生活，运用排比段式作文。"话音刚落，孩子突然哭着嚷着要回家找哥哥。李梅老师突然没了笑容，好说歹说，孩子就是不听，一个劲儿地就是要找哥哥。看上去，李梅老师是再也忍耐不住了，在这个场合，当着校长的面，当着全班同学的面，最终还是没有发火。可是，她的眼泪还是止不住地往下流。

此时的校长，头是低着的，脸是沉着的，自言自语："现在'二孩政策'放开,以后像这种情况还多着呢,我真不知道如何是好?"

下课铃声响起。李梅老师照常喊"下课",班长照常喊"起立,敬礼,老师再见!"礼毕之后,李梅抱着孩子,走到校长面前,哽咽着连声说:"对不起,校长。对不起,校长。今天我婆婆去住院了,孩子她爸也有这节课,大双都是交给一个同事看着的,我也是没办法才把小双带进教室来的啊!"校长若有所思,十分沉重地说:"你辛苦了,把孩子哄乖带回家吧!"李梅老师左手抱着孩子,用拿着教本的右手擦擦眼泪,说:"谢谢校长,我先走了。"此时,孩子哭得越发伤心,嘴里喊着:"我要哥哥,我要哥哥。"

校长是陪我去听课的。走出教室,他和我并肩走着,他说:"今天这节课该听,是一节真正适合我听的课。像这样的情形才开始。我们学校女教师占全校教师的三分之二,其中'60后''70后''80后'各占女教师的三分之一,'60后'想生不能生怨声载道,'70后'想生能生争先恐后,'80后'生怕排在后。编制部门给的教师是一颗钉子一个眼,又没有预备教师,今后这三四十位女教师都请了产假怎么办?"

看到校长这个样子,我说:"校长,这是一个社会问题,不是你这一所学校的问题,抓好当前,思考未来,这叫有备无患。办法总比困难多,车到山前必有路。"

校长摇摇头,一脸的沉思,不由自主地说着:"李梅老师这节课,实在有新意,小课堂,大社会,给人回味,令人深思……"

看着李梅老师渐行渐远的背影,校长反复念念有词:"李梅?二孩?女教师……"

这真是一节该听的课!

妈妈的电话

妈妈喜欢给儿子打电话,但每次通话时间不长,反复重复着一句话。

爸爸去世十五年了,一直是妈妈一个人住在老家。

妈妈是一个十分能干又精明的跨时代女性,仅凭她一双长满老茧的手,抚养了六个孩子,个个都成家立业了,有在县城工作的,有在省城做生意的。儿子为了让她享福,盖了好大好大的楼房,还为她买了手机,每次给钱也是成百上千的,孩子们回家看她都开着各自的小车,村里人很是羡慕。

儿子说:"妈,接你去城里住,家里的土地别种了,猪鸡都别喂养了。"妈说:"不去。我一天去你们那儿闲着,家里那么多土地,我随便种种,一年也要收上千斤苞谷,喂两头猪几只鸡是没问题的,你们回来过个年或者平时回来也可以杀了吃。"

儿子又说："你年纪大了，都已经七十多岁了，你一个人在家不放心。"妈说："有什么不放心的，我一天的日子好混得很，起来煮一碗吃了就去地里走一转，回来就忙着喂鸡喂猪，时间过得快呢。我身体好好的，还在能吃能做的，去你们那儿我也闲不住。你们一天去上班了，我在你们那儿连个说话的人都没有，不把我憋出病来才怪。"

一句话，妈是下决心不进城的。因为老家有需要拜祭的祖宗牌位，有她种了一辈子的土地，有她喂惯了的鸡和猪，有她相处习惯了的隔壁邻居。无事的时候有个走处，有个说话的人。哪怕是对着鸡啊猪啊说上一阵，也是一种发泄，也算是有个说话的伴。

儿子知道，这其实都不是她回绝的理由，唯一的理由是她怕连累子女，怕给子女添麻烦。既然是这样，心照不宣，儿子只好答应妈妈，周末回来陪陪她。于是，兄弟几个商议：每到周末，各自回家；每逢过年，各自回家。如遇特殊事情，必须电话告知妈妈。

妈妈在家，天天盼着周末，盼着过年。像我们小时候盼着过年能吃上一餐米饭或穿上一件新衣或不干几天农活儿一样。

缺衣少食的年代虽然已经过去，但妈妈十分留念。她常说，那时候虽然穷，但过得欢。背一个抱一个，还要干农活儿，一天忙到晚——实在。我背着你们，饿着肚子，挣八分工分，嘻嘻哈哈就过了一天。一间瓦房不好住，家里盖了三间瓦房，没有粮食，就用红薯片磨面当顿，东找西借才勉强把房架子支起来，一天一天地背石头脱土基把墙砌起，虽然累点苦点穷点也不觉得怎么样。后来你们上学了，我除了干农活儿挣八个工分外，七天还要赶两场街子。上街子的头天就把粑粑舂好，第二天天刚亮再背到街上卖。然后，又要买二三十公斤大米背回来，准备下个街子卖的，常常是龙街买来牛街卖，牛街买来龙街卖，勉强维持了你们上学的费用。要不然你们读什么书啊？后来，吃的也没问题了，日子好过还没几年，你爸偏又去了。你们现在都成家立业了，家里就剩下我一个孤寡老人，说话没个人，吃饭没个味，虽说要啥有啥，但一天的日子难熬啊。就算我可以在手机上和你们说说话，一天看看电视听听老山歌，你们一两个礼拜回来一次，我也老是觉得白天盼着天黑，晚上盼着天亮的，一天到晚闲着没事就想着看手机，现在是几点了，今天是礼拜几了。这才是妈妈的现实：为了儿女，宁可藏着自己孤独的恐惧。

儿子也看得出来，妈妈一周最难挨的是星期五。有什么办法呢？儿子唯一能做的就是在周末常回家看看，也算是妈妈辛劳一辈子，徒有虚名的回报罢了。

每到周五的晚上，妈妈的电话就来了。儿子拿起手机还没开口，妈妈就说："我是问你们这个礼拜回不回来？"儿子说，回来。电话的那头就挂了。

周六的早上才七点多，妈妈的电话又打过来了。儿子才拿起手机，妈妈就说："你们如果回来，我就不上山了，我先把水烧着，等你们到家就可以杀鸡了。"没等儿子说话，电话的那头又挂了。

每次通话都这样，时间不长，反复叨念着一句话："今天还回来吗？"

老鸹与柿花

老鸹和柿花有着不可调和的矛盾。

在民间，乌鸦叫老鸹，柿子叫柿花。自古流传："老鸹啄柿花，尽挑趴的（软的，熟透的）。"柿花无条件成了老鸹的美食。

秋风动了，柿叶落了，柿子红了。村东头，大路边，几棵柿子树，就是几束大火把，一片通红。几只老鸹叽叽喳喳，在树枝间上蹿下跳，东挑西选。穿红戴绿的姑娘们在树下攀枝显摆。

柿子说："我青涩的时候没人理会，现在红透了，雀鸟也嘴馋，尤其是黑老鸹，吃皮吃肉还不吐渣，拉屎拉尿不下树，不把我当回事。姑娘小伙攀着我，摄影师咔嚓咔嚓抢镜头，画家或速写，或油画，或素描，把我变成艺术品。"

老鸹说："过去漫山遍野洒农药，大人孩子见我就追捕，我们成了过街老鼠，无处藏身，几乎灭迹，不得不逃离故土，一去就是十几年。我们回来了，故乡的人品位高了，柿花当成了风景，干脆不采摘，宁可让其烂在树上也不准我们吃，多浪费，多可惜啊。姑娘们啊，你做你的造型，任由摄影师摆布，我啄柿花与你何干，你凭啥吓我们，赶我们？我们不就为了生存吗？"

一个抬头拍照的姑娘惊叫起来，柿花掉嘴里了，好甜。调皮的老鸹接着拉出一坨鸟屎，那姑娘又一声惊叫，怎么那么臭呢？姑娘们没了兴致，摄影师气愤地连扔几个小石子，击落一只黑老鸹，一群黑老鸹不欢而散。

柿子得意地说："该死的黑老鸹，饿了，渴了，就啄我，还想占姑娘们的便宜，有本事你别跑啊。"

被鸟屎砸中的姑娘十分生气，指着被击落的老鸹大声骂着："该死的黑老鸹，边吃边屙，偏偏选中了我，多霉气啊！你不去别的地方找吃，偏来这儿找死。"

被击落的老鸹感伤地说："人为财死，鸟为食亡，我有错吗？"

柿子树抖了一下身子，诉起了苦："狂风暴雨的夏季，豆大的冰雹，打落我的叶、砸伤我的身、击破我的果，我在挣扎中活着，能有今天，实属不易。你个死老鸹，毁我容、食我肉，得罪喜欢我的人，做得太过分了。"

摄影师暗暗思忖，柿花有柿花的艰辛，老鸹有老鸹的苦衷，我们留下了柿花的辉煌时光，却击碎了老鸹求生的梦想。

画家盯着摄影师，眼珠一转，开始了速写：画了一只老鸹站在树枝上，快活地啄着柿子，尖嘴钻进柿子一半，头顶悬着一颗石子，柿子树周围站着一群看热闹的人。

云端茶缘

"人生道路千万条,何必非走独木桥?为什么非要我考公务员呢?"曼丽反问父母。

曼丽从小任性,说走就走,来到了乌蒙大草原,爬上山顶,振臂高呼:"我飞起来了,我飞起来了。"

大伟"咔嚓咔嚓"抓拍了这一特写镜头。

"朋友,你是来旅游的吗?"大伟走近曼丽。

曼丽扭头看了看,没有作声。

"仙女下凡,太漂亮了。"大伟打开相机,凑到曼丽眼前。

"你这人一点常识也没有,不经别人允许,怎么随便乱拍呢?"曼丽不带脸色地数落着。

"对不起啊,你曼妙的身姿叫我不由自主,如果你不高兴,我删除得了。"大伟做出删除的架势。

"算了,你先发给我吧。"曼丽瞅了一眼照片,语气有些缓和地说:"打开微信,加一下吧。"

"我叫大伟,是本地人,大学毕业,国考无望,有些纳闷,出来散散心。"大伟一边加微信,一边自我介绍。

"何必自己跟自己过意不去呢,生在这辽阔的大草原,何不选择适合自己的活法呢?不瞒你说,我是学茶学的,从没想过要考什么公务员。"曼丽满不在乎地说。

"啊?我是学茶树栽培与加工专业的,听你这么一说,有何高见啊?"大伟有些激动地说。

"我是浙江人,世代与龙井有缘,你就叫我茶妹吧。听说这里是中国著名的茶叶黄金带,到此一游,附带考察,你有兴趣吗?"曼丽急切地说。

"这里海拔 2100 米,确实是种植茶叶的黄金地带,可惜没钱投资啊。不怕你笑话,我们这里很穷的。"大伟有些自卑地说。

大伟和曼丽一拍即合,聊得忘记下山,聊得忘记用餐。

夜黑风高,大雾茫茫。大伟和曼丽高一脚、低一脚,坐一阵、走一阵,忽而牵手下坡、忽而背着过沟,一夜的折腾,来到了大伟的家。

大城市长大的曼丽哪里受得了这样的折腾,大伟的母亲有些心疼,忙着煮鸡蛋、调蜂蜜,曼丽的体力渐渐恢复。

往后的几天,大伟领着曼丽去村委会、去镇政府、去县政府,了解当地政府的招商引资政策。

曼丽拨通了父亲的电话:"当地政府招商引资政策非常宽松,投资环境非常好,请爸爸认同我的决定。"

曼丽的父亲一听,高兴地飞往乌蒙山区实地考察。几天下来,他情不自禁地说:"乌蒙山,云雾笼罩的地方,人在山顶,云在脚下,真是种植茶叶的黄金带啊,傻姑娘,就依你吧。"

不久,乌蒙山区,在7000余亩的山坡上,优质龙井群体种茶和乌牛早种茶在这里生根发芽。

从此,茶园就是大伟和曼丽的家,两人像兄妹一样,茶哥长、茶妹短,过着日出而作、日落而息的田园生活。

几年一晃,山冈换上绿装,采茶的村民穿梭在茶墒之间,快乐兴奋。曼丽的父亲反而有些焦急地说:"傻姑娘,该考虑你的个人问题了。"

曼丽非常自信地告诉父亲:"那是水到渠成的事。"

公司挂牌那天,曼丽和大伟的婚礼如期举行。

仪式主持人宣布:"云端神韵公司挂牌暨神韵盘州茶产品发布会现在开始。有请董事长讲话!"

公司董事长——曼丽的父亲接过麦克风,激情洋溢地说:"神韵盘州,神韵流芳。清香四溢,滋润八方。愿我们的事业蒸蒸日上，愿乌蒙山区人民的生活如茶芳香！我代表公司，衷心地感谢各级党委政府及各位父老乡亲的鼎力支持和竭诚帮助！"

主持人接着说："请新郎新娘及双方父母剪彩揭牌。"曼丽和大伟的父母不知所云，目光在四周搜寻。

轻音乐响起。

新郎新娘模样的大伟和曼丽缓缓步入红地毯。

剪彩、揭牌、赠茶、敬茶、品茶，各项议程依次进行着。

孙子，别怪爷爷

"昨晚死哪儿去了，酒气熏天的，快开学了，孙子读幼儿园的事不操心，你还配做爷爷吗？"老婆娘唠唠叨叨，数个不停。

我有些不耐烦了。我说："老婆娘，你懂啥，你一天在家只知道如何做饭带孙子，根本就不了解外面的世界。有个学员告诉我，像孙子这种不在规定范围内的招生对象，除非找到局长，或者是分管教育的副县长才行，否则，别做梦。开始，我还不信这个邪。"

老婆娘生气地说："是啊是啊，就你厉害，就你有本事，进城打工还觉得自豪呢，不过就是个教练嘛，养个儿子不照样是打工的？唯独比你强的地方就是他跑省城打工，生个娃娃交给我。"说着说着，拽着孙子的手，往我面前一推，"找你爷爷去，别跟着我。"

我说："老婆娘，你不想想，我们生长在什么地方，隔河渡水的，也没个桥，在村里上过几天学就不错了，我好歹还能写自己的名字，学会了开车，当了机动车驾驶培训机构的教练，很满足了。你怎么就没看出来，我这几天一直为孙子上幼儿园的事烦心呢。

"前天，我请学员的哥哥吃饭，他是某单位的领导，他说帮我找园长说说，他打园长的电话——关机，发信息——不见回复。

"昨天，我又请学员的姐姐吃饭，她是幼儿园的老师，她说帮我找园长说说，她打园长的电话——关机，发信息——不见回复。

"他们劝我还是亲自去找找园长吧。

"我想，幼儿园园长是女的，怎么找啊？"

"昨天晚饭后，我偷偷溜进园丁小区，见到年轻漂亮的女人，立马上前拦住，你是园长吗？遇上心情好的，把我当问路人。偏偏遇上一个吃火药的，我刚拦住她，还没等我开口，她右手的包一扔，顺手扇我一嘴巴，我还没叫，她却大声喊，'抓流氓'。两个保安不知从哪冒出来，冲到我跟前，三下五除二，把我按翻在地，随后带到值班室。一个门卫拨通了报警电话，把我送进了派出所。

"我第一次来到派出所，心里有些紧张，但也坦然，却十分纳闷。我一个大男人，想着想着就哭出声来。警察说，'你怎么不问问，园长都换成男的了，一场误会而已。说个熟人电话，天亮请他来证实一下你的身份，你就可以走了'。我抹一把眼泪说，'只有找我们培训机构的高校长了'。

"天亮了，高校长来了，他签完字，把我带出了派出所。

"我把事情的前因后果跟高校长说了一遍，高校长说我太莽撞了，进县幼儿园不是那么简单的，上幼儿园是二孩政策放开后的高峰期，园长的电话打不通，发短信不回复，找也没用。他说他帮我联系一下镇幼儿园分园，虽然在城边上，离我们家住处也近，方便接送。

"我颤颤巍巍地拉着高校长的手说，'本想买点水果找园长求个情，没找到人，反而把自己弄到派出所，给你丢脸了，还要麻烦你。我真笨，园长是男是女都不知道，还找孙子上幼儿园的事，怎么就没想到找你呢？'

"高校长挺直爽的，是啊，谁叫你是我们机动车驾驶培训机构的优秀教练呢，不帮你帮谁啊？

"我蛮高兴的，是啊是啊，我一个打工人，能遇上高校长这样好心的领导，真是磕头碰着天了。

"老婆娘，你想想，高校长打了半天的电话——没戏。

我有些绝望了,一气之下,买了二两老白干,一饮而尽。这不回家来了吗?"

孙子把手机往沙发上一摔,大声嚷着:"奶奶,我要上幼儿园,我要上城里的幼儿园。"

我瞅了一眼老婆娘,惭愧地搂着孙子说:"乖孙子,我们不是城里人,还是回去上老家的幼儿园吧。"

一张通知书

八月金秋,硕果飘香。大学录取通知书飘然而至,我努力地想笑出声来,咧了一下嘴,终究没有笑出声。

大姐看出了我的心思。

我实在憋不住了。我说:"大姐,我不想上大学了。"

大姐板着一副苦瓜脸,没好气地说:"你是不是发高烧了,尽说胡话。"

我翻了一下眼,强装笑脸说:"大姐,你一屁股两肋巴骨的账,外甥和我一共要交两万块的学费啊,每人虽然可以助学贷款八千,下差的钱和每月的生活费用你去哪弄啊?我年满十八岁,应该自食其力了。"

大姐摸摸我的脑袋说:"乖弟,别打歪主意了,上大学是你一辈子的事,你必须去读。否则,我就不认你这个弟了。"

我干脆和盘托出。我说:"大姐,从我上二年级起,父母就没了,我和外甥天天跟在你后面屁颠屁颠。有时你宁可背我也不背外甥,你哪里是我姐,其实就是娘啊。你每天在马路旁,在烈日下,在风雨里,卖烤洋芋,卖烧苞谷,为这个家辛勤劳作,不怨天不怨地,我不忍心啊。还有大姐夫一个人犁田耙地,放牛喂猪,山活家务活一人独揽,真是太辛苦了。二姐高中毕业,三姐大学毕业,你的付出远远超出一个做姐的职责了。你说我还能安心去上大学吗?大姐,大学还是让外甥去上吧。"

大姐说:"你二姐三姐都工作了,我也可以喘口气了,你就放心去读吧,别多想了。"

我和外甥接到大学录取通知书,全家人幸福而兴奋地准备着庆贺宴。大姐夫忙着杀鸡,蹲在地上摘鸡毛,突患脑梗,抢救无效死亡,花了钱还舍了命,喜庆的一家人陷入了悲痛之中,大姐刚舒展的眉头意外地紧锁难开。

大姐的婆婆看在眼里,苦在心里,偷偷地抹一把眼泪,转脸笑着对大姐说:"苦命的孩子,全家老小眼巴巴地望着你过日子,你要挺住啊。"

大姐咬咬牙说:"我知道。"

才安葬大姐夫没几天,二姐哭着找上门说,二姐夫出车祸了,医生说治好也是植物人,是交钱医还是不医呢?

大姐把三姐叫到家里，火急火燎地说："你有多少钱？"

三姐说："有两万，不是外甥和四弟开学要交学费吗？"

大姐无奈，找出房产证，拉着二姐的手反复叮嘱："别急，先把你二姐的两万拿去交了，其余的我去找人贷款。"

我悬着的心几乎要爆炸了。我说："大姐，你看看我们这个家，你还能撑多久啊？你不也没上过大学吗？你不是照样在努力实现你的梦想吗？"

大姐说："都啥时候了，还啥梦想不梦想的，你就别添乱了。"

三姐哽咽着嗓子，带着哭腔问："大姐有啥梦想？"

我凑近二姐三姐说："大姐常说等我们长大成人后，她要建一所孤幼院。"

二姐三姐不解地看着大姐，说："怎么会有这样的想法呢？"

我说："小时候，我也不理解，后来大姐的婆婆看到我淘气，无意中说漏了嘴，说大姐是奶奶在一个大雪天捡回来的弃婴。"

二姐揉揉眼睛问："大姐，是真的吗？"

大姐转过身，偷偷地抹了一把眼泪，睁大眼睛瞪了我一眼，拽着二姐的手，夺门而出。

贷款手续办完了，医院有了交代，二姐夫的病情渐渐好转。

大姐高兴地说："不隐瞒你们，奶奶捡回我这条命，爹妈养活了我，我的义务是看着你们抚养成人，然后建一所孤幼院，让那些和我一样命运的孩子有个家，我也就有个寄托了。"

姐弟四人你看看我，我看看你，不自觉地抱在了一起。

大姐爽朗地笑出声来，高兴地说："四弟，高兴点，别板着个脸，我要亲自送你去上大学。"

二十年后的一天，我去看大姐，她手里拿着我当年的大学录取通知书，佝偻着腰，乐哈哈地在一群老人和儿童中间大声地说着什么。

刻像思母

从前，苦阿德（水语，古敢）有一个叫阿鲁的人，父亲去世早，孤儿寡母，相依为命。阿鲁的母亲拼死拼活地干活儿，总是心疼阿鲁太小，舍不得让他下地。长此以往，阿鲁变得好吃懒做、游手好闲，家里没有好吃的东西，便对母亲大吼大叫，重则拳脚相加。母亲生怕儿子不高兴，打骂自己，整天提心吊胆，吃不好、睡不好。

养儿才知父母恩。直到阿鲁成了家，有了孩子，他才知道油盐柴米的金贵，尤其是当他看到老母鸡护小鸡、大牛护小牛时，才知道自己忍饥挨饿，也要照顾好孩子。慢慢地，他对母亲的态度才有了转变。

一天，阿鲁和妻子在地里种苞谷，他在前面犁地，妻子跟在后面播种。无意间，阿鲁看见几只鸟在新翻出的土里找食。让他吃惊的是，大鸟啄到食就往小鸟嘴里送，却舍不得往自己肚里咽。小小的一只鸟都会这般爱护自己的孩子，自己的母亲又何尝不是呢？阿鲁从牛、鸡和鸟的行为，想到母亲是怎么待自己的，自己又是怎样待孩子的，想着想着，心里酸酸的，不自觉地流下了眼泪，接着扇了自己几个嘴巴。妻子看着阿鲁有些反常，放下挎箩，逮着阿鲁的手揉了揉说："你咋了，好好犁地的人，无缘无故打自己。"阿鲁说："我从小吊儿郎当，对不起母亲啊，你看看地里的鸟，你再想想我们喂的牛、养的鸡，自己养的孩子，母亲不容易啊，我简直禽兽不如。""醒悟了，那你以后对娘好点不就行了吗？"妻子顺手将阿鲁推了一把，接着说："这个死鬼，我以为你疯了呢。"说完，咯咯咯地笑了两声。阿鲁揉了揉眼睛，也咯咯咯地笑了两声。

阿鲁突然开窍了，心情特别好。不知不觉，到了吃中午饭的时候，阿鲁的母亲送饭来了。阿鲁老远见到母亲，便大喊大叫："妈，你腿脚不方便，咋还来地头呢，我们一会儿就种完了。"说完，忘记丢下赶牛鞭子，朝母亲跑去。母亲见状，心里发慌，手忙脚乱，放下饭篮，回头就跑，直接朝路边的大树用力撞去。阿鲁还没反应过来，母亲已头破血流，尸横树脚。

阿鲁落得个乐极生悲，抱头痛哭。他边哭边说："都怪我平时对母亲太凶了，让她误会了，或许她认为我拿着鞭子要打她？天啊，怎么会这样呢？"

刚刚悔过自新的阿鲁，后悔莫及。他悔恨自己害死了母亲，痛苦万分。于是，找来一把尖刀，在那棵大树上刻上母亲的头像，然后把母亲葬在大树的前面。

校长的心结

吴师在本村代课十多年了。

本村坐落在一个夹皮沟,前沿大河后靠高山,交通闭塞,经济落后,村里的人依然过着耕田种地养鸡喂猪的自给自足的农家生活。吴师的祖业较多,家庭条件相对较好,能顺利地读完小学已经是顶呱呱的了。他小学毕业,村里没老师,他便成了本村的吴老师。

吴师晓得,走代课转正的路是行不通的,自己没文凭,能在自家的村子里代课,每月有两百多块钱的收入,比起本村的其他人来说,已经不错了。

吴师教书一丝不苟认真负责,在教学中,常常碰到一些自己弄不懂的问题。他说:"宁可牺牲自己的休息时间跑十几里路求人也要弄懂,不然就会害了孩子们。"他还说:"尽了力,能教多少算多少,这样问心无愧,也才对得起自己的良心,对得起父老乡亲。"

本村离村完小十多里路，隔河又隔山，吴师只负责一至三年级的教学，教了十多年的书也最多培养出几十个三年级水平的学生。本村至今也分不来一个高学历的公办教师。随着事业单位人事制度改革的推进，各级各类学校对老师实行考核聘任。村完小的考核方案刚出台的时候，教师们没多少反应。学年结束了，对照方案一一考核，吴师的工资被扣3元钱。吴师怎么也想不通。他说，扣3元钱事小，丢人要紧，多不光彩。一气之下，摔下书本，一走了之。他说，在家多喂两头猪就是了，又何必让人管着，多不自在。

9月1日开学了。

村完小校长为本村的教师问题急得团团转。本村的教学点又拆不掉，上级又派不去新老师，不知如何是好？

经再三考虑，非吴师不行。校长派人三番五次去请，他说不干了，出了苦力还丢人，多没意思。

一周的时间就这样在他们的嘴皮间流逝。孩子上不了学，村民们便自发地跑去县政府上访。

无奈之下，校长多方打听才找到了吴师最要好的朋友，专门在一家小馆子安排一桌酒席，请来吴师说道。

盛情难却，吴师说，既然朋友出面，答应校长继续代课。

校长千恩万谢,一再表态,今后一定改变考核方式。

宴席散了,校长如释重负。

教育要改革,教师要考核,难道就不可以改变一种考核方式吗?这一直是校长的一个心结。

娘的猫

父亲去世后,一个人生活的娘慢慢地喜欢上了养猫。

娘养猫多半是为了找事做,同时也想让它帮着逮一逮老鼠。

吃得胖胖的猫想,娘养它就是为了找个乐儿。因此,任凭老鼠在老屋里大摇大摆地窜动,它也毫不理会。

娘为此很生气,赶上心情不好的时候就打它几下。一打,它就"喵呜——喵呜——喵呜"地叫上几声,装出一副可怜兮兮的样子。

打归打,打了之后娘觉得它可怜,便又忙着喂肉喂面包。老屋里,每天除了娘的咳嗽声,就是猫那"喵呜——喵呜"的叫声。

一天下午,外面跑来一只野猫,两只猫在院子里追逐嬉闹,把那几盆花碰倒了。娘看不惯拿着拖把追打野猫,打不到野猫,娘伸手去抓自家的猫,就在刚抓住猫尾巴的一瞬间,娘的手被猫回头咬了一口。

娘一个人坐在院子里生气。儿子回来接娘进城了。临走时,娘没有像以往给猫准备好几天吃的,倒是重重地留下一句话:"不给你准备吃的,看不把你饿死才怪,看你还咬不咬人?"

猫耷拉着头,趴在窗台上,好像睡着了。娘一出门,它就睁开眼看着院子里的娘,直到娘上车离开。

在儿子家待了七天,娘就催儿子送她回家。

娘忙着走进院子,东张西望,四处搜寻着什么。

儿子问:"娘找什么呢?""我看看那懒猫到底饿死在哪儿了。"娘边说边忙着开门。"扑通"一声,猫不知从哪儿蹿到了娘跟前,它用爪子挠着娘的裤脚,一个劲地"喵呜"叫着。儿子惊讶地说:"这咬人的家伙怎么没有饿死啊!娘,要不一会儿我把它带走,把它扔到半路,不要它了。"

娘看见了猫,眼睛一亮,好像它没咬过她似的,弯下腰,从包里摸出一个包子,掰成几块,放到猫的跟前。猫瞟了儿子一眼,叼着一块跑到一边大口大口地吃着。

儿子在一旁叨咕着:"娘你这是仇将恩报啊。"

娘没有言语,心里默默地说:"猫是娘,娘也是猫啊,你怎么也不会懂的。"

胎　记

罗汉脸上有一块胎记,他常常拿着一张报纸,在街上闲逛,东瞅瞅、西望望,像个侦探。有人请他代签名字,他说他不识字。旁人嘲笑他,装腔作势,不识字,还拿张报纸呢。他瞪瞪眼,暗暗地骂,你懂个啥,报纸是老子的护身符。

牲口市场里,老吴正专心地数着钱。罗汉停下脚步,打了一个招呼:"卖牛呢,大叔。"老吴看他一眼,没搭理,用手帕裹好钱,装进包,拍了拍,吸一口烟,吐一口唾沫说:"今天上街就遇上一个好买主。"转身走时,他又摸摸包,包已被划了一大个口子,手帕连同裹着的钱不翼而飞。老吴"啊"的一声,烟斗"啪"地掉在了地上,整个人直挺挺地倒在地上。

罗汉看到老吴倒下,犹豫片刻,救人还是走人呢?父亲当年的情景在他眼前又一次回放着。

罗汉四岁那年，跟父亲去卖牛。父亲将卖牛的钱反复数了几遍，装进口袋，拍了拍包，走了两步，再摸摸，包被划了一大个口子，钱不翼而飞，父亲当场晕倒在地。罗汉哭着喊着在街上乱跑，遇上了罗老汉，罗老汉给他一颗糖，答应带他去找爹，他便跟罗老汉进了城。

一晃十几年，罗汉又回到这里，做起了罗老汉教他的营生。他不敢相信自己的眼睛，摇摇头，又点点头，自言自语地说："这人好像在哪见过？"

突然，身旁一位中年男子大声喊："有人晕倒了。"说着，他弯腰蹲在地上，迅速掐老吴的人中。"哪位朋友搭把手，救救这位大叔。"中年男子抬脸看着罗汉说。罗汉避开中年男子的眼神，用报纸遮住脸上的胎记，犹豫了一下，最终弯下腰，将老吴搂在背上，朝区卫生所跑去。

十多分钟，老吴醒了。老吴醒来后说："这不是要老子的命吗？"罗汉听了，全身发毛，双腿发软。

罗汉放下老吴，喘着粗气问："到底怎么回事啊？"老吴说："十多年前，我上街卖牛被偷，丢了一个儿子，害得老婆气瞎了双眼。难道今天要丢老婆不成？"罗汉说："大叔，你儿子丢失的时候多大了？"老吴说："四岁零一个月。如果他还活着，现在应该二十岁了。"老吴突然看到罗汉脸上的红胎记,愣住了。

老吴呆呆地看着罗汉说:"小伙子,你家是哪里的?看你有点像我家吴汉。"罗汉迟疑地问:"大叔,怎么可能呢?我姓罗,从小在城里长大。我不想在城里待了,就偷偷跑这儿来了。"老吴问:"你手里拿张报纸,上过学吗?"罗汉把话题一转,说:"大叔,你不要紧吧,要不送你去医院吧?"老吴摇了摇头,眼泪像芭蕉叶上的露珠,一颗一颗地往地上滚。嘴里不停地说:"怎么那么像,怎么那么像啊?"

到了医院,罗汉很快为老吴办完了住院手续。随后,又摸出几百块钱递给老吴,说:"这钱你装好,买点吃的。"说完,朝老吴鞠了一躬,转身便走。老吴抹一把眼泪,拉着罗汉的手:"小伙子你别走,你还没告诉我叫啥名字,住在哪儿,咋还你钱呢?"罗汉边走边说,"大叔,这钱不用你还了,我会随时来看你的。"

罗汉走出医院大门,迎面遇上一个中年妇女,她吃惊地看着罗汉,上下打量一番后,伸手拽住罗汉的衣袖说:"小伙子,我带你去见一个人。"这时,老吴也从医院大门走了出来。

罗汉连忙跪下说:"大妈,钱都还给他了,你就放了我吧。"罗汉手里的那张报纸滑落地上，用胶布裹着刀片的大拇指明晃晃地露了出来。

中年妇女根本不听罗汉说啥，只是兴奋地对老吴说："姐夫，这不是你一直在找的儿子吴汉吗？"

中年妇女又对罗汉说："我是你姨妈，你是我亲手接生的，我记得你脸上的那块胎记。"

突然，老吴像一棵树桩一样，又直挺挺地倒在了医院大门口。

莲　花

夏末秋初，天气渐渐变凉。

"咚咚咚"，莲花敲响校长办公室的门。"校长好！我是莲花，前来报到。""请进，我代表荷塘村完小全体师生欢迎你，辛苦了，先坐一会儿，一会儿安排你的住宿。"莲花喝一杯水的工夫，校长安排总务主任叫上几个小伙子，三下五除二地就把莲花的宿舍给打点好。

乡村学校的教师是那么朴实。莲花很是感激，心里滋润着呢。

莲花在大学里是学汉语言文学的，写得一手好文章，形象气质又好，学生喜欢听她的课，同事喜欢同她交往，家长总想方设法托人找校长要把孩子交给她。每每遇上熟人，她满脸洋溢着幸福的微笑。

校长常想，要是帮莲花在这儿成个家，岂不是就能留住她了吗？旁敲侧击，多次推荐，莲花没作声，只是淡淡一笑。

突然有一天,城里来了一位穿制服的帅哥,没待多久就走了,说是忙着查案子。莲花送走制服帅哥时没有忧伤,依然是满脸洋溢着幸福的微笑。

后来,莲花从荷塘村完小调入荷塘乡中学,荷塘完小的校长、老师、学生,个个闷不出声,一脸的惋惜。

不久,莲花与城里的制服帅哥结婚了。

两年后,莲花有了孩子,成了一位漂亮妈妈。莲花没有因为孩子而放松工作,只是比过去确实忙了点。不过,她很会统筹,家务与工作两不误。找一个小保姆带着孩子,自己只管按时喂奶,照样担任两个班的语文课,与过去一样不迟到不早退,作业作文的批改次数只会多不会少,该唱时还唱,教初中还像教小学一样,逗孩子喜欢。学生课余时间还会跑去莲花家逗宝宝玩。莲花的日子过得既充实又有成就感,活像个快乐天使,与学生同乐,与同事同乐,与自己的宝宝同乐,其乐无穷。

转眼的工夫,莲花的宝宝五岁了。

一天,莲花的制服帅哥一脸的兴奋,忙着找莲花,说:"县里有个新规定,凡在我们系统的家属,只要是夫妻分居满五年的无条件进城。"莲花听了没有十分激动的表情,只是笑笑而已，没有作声。"你说话呀莲花。现在县里有政策，要不然，哪有机会进城呢？"莲花说："要不你调到乡里来好吗？求求你好不？"制服帅哥无奈地走了。

制服帅哥返城后，立即请莲花的好朋友，请莲花的父母亲对莲花发起进攻，好说歹说，莲花勉强同意。调令发下来了，可还要签合同，莲花又犹豫了，这给制服帅哥又出了个难题。又是多少人劝说，这回莲花可是吃了定心丸，说白了就是两个字："不走。"再问：为啥不走？莲花伤心地流着泪，泣不成声，哽咽着说："今年我任课的是两个重点班，学生马上毕业了，无论如何我也不能走，还是过两年再说吧。其实，乡下有什么不好？乡下的孩子同样需要老师啊！"

事已至此，制服帅哥也只好尊重莲花的选择，失望地把调令退了。退了调令，莲花又恢复了往日的平静。在荷塘中学，在自己的学生面前，依旧满脸洋溢着幸福的微笑。

芝麻那点事

朱丹大学毕业,高兴地走在回家的路上,进入拐角弯,一辆奔驰擦身而过。

路窄,积水。朱丹未能躲闪,人已摔在路边。

司机一脚急刹车,副驾驶的头差点与挡风玻璃亲吻。"你是咋开的车,想要我的命吗?"副驾驶责怪着司机。

司机忙解释,有个姑娘在拐角弯带翻了。

"啊,怎么会这样?赶快下去看看。"副驾驶吃惊地看着司机。

司机跑到姑娘身旁,忙着道歉:"姑娘,对不起啊,是我的车速太快,你撞到哪儿没有?我送你去医院检查检查。"

朱丹撑了几下,人没站稳,一点也没有责怪对方的意思,看着司机,风趣地说:"不怪你车快,只怪路太窄。芝麻那点事,至于进医院吗?"

副驾驶也来到朱丹身旁连连道歉:"对不起啊,都怪我的司机,谁不晓得这地段危险,视线不好,他也不减速,还是送你去医院看看吧?"

朱丹听到这声音好熟悉,抬头一看:"怎么会是你呢?你不是洪福哥吗?我是拐角弯村的朱丹,我考取大学时,你们煤矿奖励我三万块钱,每年还资助我学费,你不会忘记了吧?真不知,今天以这种方式见面。"

洪福惊奇地看着朱丹:"啊?是你,都大学毕业了呢?芝麻那点事,还记挂在心。不说过去了,你站都站不稳了,还是先上车,去医院吧。"说着,洪福伸手将朱丹牵上车。

朱丹感觉左脚疼痛,脚落不了地,嘴里还在不停地说:"芝麻那点事,何必当回事?从小爬高上梯,磕磕碰碰是常事,几天就好了。我要赶着回家跟父母商量找工作的事。"

司机插嘴道:"老板,不是我们煤矿还要招聘一位医生吗?"

"是啊,我们医务室正要招聘一位医生。"洪福边说边打开手机,把招聘启事递给朱丹看。

"啊?年薪三十万。太诱人了。"朱丹惊奇地叫了一声。

洪福说:"如果你愿意的话,我们就不在网上发了,直接确定你了,薪水还可以加。"

"真的吗？年薪三十万可不少了。要是这样的话，积攒十年就可以办一所小医院。"朱丹揉着脚，"嘿嘿"地笑着。

洪福看着朱丹那开心劲，忍不住问了一声："你打算建所啥医院？"

"乡愁医院，专门服务父老乡亲，你说可以吗？"朱丹盯盯地看着洪福。

洪福一听，有些感动："芝麻那点事，不就是建所医院嘛。你若真这样想，一年后，你等着当院长吧。"

"真的假的？"朱丹如在梦里，半信半疑地问。

"当然是真的，不信拉钩。"说着，洪福伸出左手，弯下二拇指。

朱丹有些害羞，十分腼腆地说："信你还不行吗？不用拉钩了。"

洪福说："咱们农村交通闭塞，缺医少药，村民看病难，煤矿建好医院，也是为地方群众服务的，既满足了你的愿望，也实现了我们煤矿的愿望。"

朱丹说："从刚上大学那天起，我便暗暗发誓，一定要做一个有恩必报的人，过去得到你们的帮助，现在得到你们的器重，真是我一生的福气。你再送我去医院，我真是不知道如何是好啊？"

到了医院，拍片检查，扭伤而已，简单处理完毕，朱丹说："我说芝麻那点事，没必要上医院，你们就是不信，现在可以送我回家了吧，我的父母早等急了。"

车子刚进村，朱丹老远看见父亲在村口的石凳上正磕着烟斗。

绿色的爱

张天宝和妻子宋彩仙常年在云生岭护林。两口子每天巡山,早出晚归,犄角旮旯,无处不到,发现菌子就拾,看见抽烟的人就提示熄灭,碰上迷路的人就带路,遇上摔跤的人就搀扶,一干就是几十年,森林无火灾,行人无走失。

张天宝常常对妻子说:"云生岭山高林深,护林防火不容忽视,帮助迷路人群更不可小瞧,林子大了,啥事都会碰上,小心驶得万年船啊!"

夏天是拾菌子的季节,天不亮就有人打着电筒上山。张天宝两口子放心不下,有事无事都要去拐角弯看看。

拐角弯是南村通往北村的必经山路,也是最危险的路段。

果不其然,早上刚到拐角弯,隐隐约约听到附近有断断续续的哼叽声,张天宝把救援绳索绑在树上,循坡下去,一个女娃卡在树丫之间动弹不得,嘴里间歇地哼着:"救救我。"张天宝赶紧叫妻子也下去,帮忙把女娃挪到自己背上,一手搂着女娃,一手抓住绳索,趁到坡脚,背起女娃艰难地往家里赶。

张天宝夫妇俩做梦也没想到,今早巡山会捡到个女娃。

张天宝抽袋烟的工夫,宋彩仙已把女娃妥妥当当安顿在床上。

女娃慢慢回过神来,用力地挪动身体,左看看,右看看,像在寻找什么,又像要挣扎着坐起来,动了两下,吃力地问:"这是哪里?"

宋彩仙递过一碗水,说:"姑娘,别动,你伤得可不轻啊,先喝点水吧。"

女娃急问:"我怎么会在这儿,爸妈还在家等——"话音未落,女娃又昏过去了。

张天宝看看妻子,眉头一皱,说:"今天刚好有车上山拉蔬菜,我先去菜园交代一声,赶紧送女娃去医院,再拖她会有生命危险。"

到了医院,医生问张天宝:"你女儿叫什么名字?几岁了?到底是怎么回事?"

宋彩仙忙接过嘴:"她不是我们家闺女,她姓甚名谁,我们还来不及问,她是我们在山上捡回来的。"

医生觉得好传奇,但也没有追问,只说:"先办住院手续,做个全面检查再说。"

检查结束,医生给女娃头部进行包扎,胸部裹了绷带,腿部上了石膏,打了绷带,然后挂上吊针。

女娃慢慢清醒了,她看着张天宝夫妇,亲切地说:"叔叔,阿姨,对不起啊,给你们添麻烦了,我叫李娟,大学刚毕业,从省城乘车到镇上天就黑了,没回村的车,我把行李寄在镇上,准备第二天赶马去驮,没想到,走到林中最陡的拐角弯时,头顶突然飘过猫头鹰阴森森的叫声,我打了一个寒战,双腿发软,一个趔趄,滚下山坡,后来我什么都不知道了。"说着,女娃摸摸手机:"阿姨,我的手机没电了,借你的手机打个电话给爸妈,他们应该急坏了,也顺便给朋友报个平安。"

李娟刚输入一个号码,手机显示出"儿子"字样,重输,还显示"儿子"字样,拨通,对方就叫"妈妈",声音好熟,确实是"张诚"。李娟连忙说:"你是张诚吧,我是李娟啊,手机是我借的。"对方说:"这到底是怎么回事啊?"李娟把事情的真相告诉了张诚。

张天宝夫妇在一旁听得半信半疑。

两个小时后,李娟的妈妈来到病房,不知是激动还是心疼,抹了一把眼泪,紧紧地拉着宋彩仙的手说:"彩仙大姐,姑娘在电话上一说出事的地点,我就知道,准是你们帮忙送她进医院的。你们就是孩子的再生父母啊,要不是你们发现,我哪还有这个姑娘啊!谢谢你家两口子了。"

李娟听得眼泪直淌。

李娟的爸爸见到张天宝,不知所措,一个劲地拉着张天宝的手,激动地说:"谢谢了,兄弟,你山上事情那么多,还耽误你们做事,真不知如何报答啊!"

张天宝说:"不客气,虽说我们在山上做事,兼职护林也护人,都是应该的。女儿只是轻微脑震荡,肋骨骨折,腿部扭伤,没多大危险,你们也别急。"

李娟躺在病床上,怎么也没有想到,救她并照顾她的是两个与自己素不相识的人,恰恰又是自己朋友的父母。

李娟的妈妈和宋彩仙没有想到的是,她们是同一个村长大的发小,各自成家后,很少往来,谁知道今天以这样的方式在医院相见。

说话间,李娟的妈妈从包里掏出两个信封,紧紧抓住宋彩仙的手,说:"这是你们替姑娘垫付的住院费和护理费,请收下吧。"

张天宝说:"芝麻大点事,还要护理费,说出去会让人笑掉大牙的，何况你们俩还是发小，就算是不认识的人，我们也不能收啊！刚才李娟打电话时，我们都听出来了，她和我儿子张诚还是朋友呢。我们都是做父母的，心情可以理解。"

李娟躺在病床上，看看张天宝，又看看宋彩仙，羞涩地笑笑，说："叔叔，阿姨，张诚考取了研究生，他还要读三年呢。"

李娟话刚说完，张天宝的手机响了。张天宝接完电话，转身对李娟的父母说："我儿子突然说他明天要回来，我们就先回山里了。"

李娟的父亲感叹地说："但凡做大事的人，都有一颗父母心。"说完，拉着张天宝的手，反复说着"谢谢"二字。

我的亲爷爷

爷爷是个有退休工资的老红军。临死的时候，他最放心不下的就是我。

我的成长，全靠爷爷护着，要不然我根本进不了学堂，读不了书。我有两个姐姐和一个弟弟，在没有弟弟前，爸爸脸上的眉头在我的记忆中是紧锁着的，后来才慢慢由竖括号变横括号，嘴角上翘，露出黄白相间的牙齿。

爷爷常劝诫爸爸："儿啊，男孩女孩不都一样吗，女孩有啥不好？你没听过刘胡兰、江姐的故事吗？她们哪点不比男人勇敢？在敌人面前，她们的骨头比男人的还硬。我跟着红军南征北战，从没听说过哪个女的做了叛徒。你看你，时时哭丧着脸，孩子都被你吓成啥样，一个个泪眼汪汪的。"

我听爷爷这么一说，眼泪止不住往下流。再看看妈妈，她常把头扭朝一旁，偷偷地用衣袖抹着泪。

提到上学,爸爸老是一句话:"一个女娃,读啥书?"爷爷毫不退让地补一句:"又不要你出钱,凭什么不让孩子读书啊?"在爷爷面前,爸爸只好低着头,双手搂着竹烟筒,一个劲儿地吸。

爷爷讲的刘胡兰、江姐,在课本上也有。我暗自发誓:"我一定要向她们那样,智慧勇敢,哪怕生命短暂,也要活得有意义,要不然对不起爷爷。"从那时起,班上的第一,非我莫属。每学期我都会在家里的墙壁上张贴一张奖状。当然,两个姐姐也不示弱,每学期期末总要和我发生一场抢夺墙壁战,各占各的地盘,忙着把自己的奖状贴在墙壁上。

我工作了,成家了,又离婚了。

因为我生了一个小公主,也不想再生了。男方的爷爷奶奶说他家不能断了香火。

父亲说:"孩子,你还年轻,带着我的宝贝孙女慢慢过吧,多可爱!我从你弟弟身上悟出了你爷爷教训我的道理,难得啊!你爷爷不愧是老红军,有远见,你爹总算活明白了。"

我听了爸爸的话,把女儿紧紧抱在怀中,抹一把眼泪,吸了吸鼻涕,点了点头。我说:"爸,没事的,这点困难打不倒我。你放心，大不了，我带着女儿陪你和妈一起过。"

爷爷临终的那一刻，他把我的父亲叫到跟前，一字一句地说："孩子，其实你不是我亲生的，我和你妈只生了你大姐一个。我结婚不久，随红军走了。在我回家寻亲的路上拾回了你，你成家立业了，有自己的家庭，有自己的子女，你要多关心他们，尤其是老三啊！"话音刚落，爷爷的头向左一甩，口水像一条线顺着胡须往下流。

我放下女儿，紧紧抓住爷爷的手，大声喊着："爷爷，我让你失望了，你走了，我怎么办？"我在哭喊声中，慢慢失去了知觉。

爷爷走了，我醒了。爸爸泪流满面地跪在爷爷的尸体前，声嘶力竭地喊着："爹，你就是我的亲爹，孩子们的亲爷爷啊！"我呆呆地看着爸爸额头上冒着热气的鲜血。

女儿拽着我的衣角哭着闹着要摘老祖胸前的那枚五角星。

遥望星空

"志远，你再想一想，你要去，我不拦你，但我们的关系就到此为止。"志远征求女朋友意见时，女朋友口气很硬。

晚上，志远在床上打了几个滚，叹了几口粗气，心里嘀咕着："我不是一辈子去旮旯村工作，不就是去支教一年嘛。"

一阵凉风吹了进来，志远看着窗外闪烁的星星，就像旮旯村里的一群孩子，光着屁股，眨着渴望的眼睛。

睡不着的志远打了个哈欠，突然想起了那次去旮旯村采风时遇到的大毛。

"你咋不上学啊？"志远好奇地问。

"上学干啥？"大毛扭头看着志远。

"咔嚓"一声，志远用相机给大毛照了一张照片。

大毛乐呵呵地把头凑过去看。

"好看吗？"志远摸摸大毛的头。

大毛使劲地点了点头，跑着蹦着说："我要去放牛了。"

十二三岁的孩子，只知道放牛，而不知道上学为啥。

志远去旮旯小学支教的申请批下来了，他不顾女朋友的反对，决定去旮旯村工作一年。

开学那天，旮旯村村长带着大毛，赶着牛车来到镇中心学校。

"你来干什么？"志远问大毛。

大毛说："村长叫我跟他来接一个老师。"

村长一眼就认出了志远，上次志远去村里采风，志远提个相机，"咔嚓咔嚓"照个不停，还让旮旯村和他上报了。

村长看着报纸上的自己，左手叉腰，右手指着一汪绿油油的水，面对着采风队伍，张大嘴巴，仿佛自己是个大领导。

村长看着志远，笑呵呵地说："你是我们村的福星，你的一篇报道，让旮旯村出名了。开发旅游的、建生态公园的、捐资助学的，都找上门了。听说你要来我们村支教，我赶忙接你来了。"

坐在摇摇晃晃的牛车上，志远打开相机，凑到大毛眼前说："你还差我一个问题呢？"

"我妈说了,上学不如在家放牛,等长大了,把牛卖了,找个媳妇,成个家。"大毛眨眨眼睛,抓抓脑壳,歪着脖子看着志远。

"你想一辈子放牛吗?"志远又问。

"我爹说了,发早财不如生早子。"大毛爽快地说着。

"你几岁了,生早子?"

"十三岁了,我妈说了,再过几年,她找人去表姐家提亲。"

村长抢着说:"他表姐叫槐花,是我们村的临时聘用老师,比他大五岁呢。"

志远吃惊地说:"就是上次给我们当导游的那个槐花老师吗?这可能吗?"

大毛得意地说:"我妈还比我爹大六岁呢。老师,你不会还没找媳妇吧?"

村长回头看了一眼大毛,扬起鞭子在空中一甩,"驾、驾……",他大声吆喝着:"赶紧走吧,别贫嘴了。"

志远和大毛在车上晃来晃去地讨论着讨媳妇与读书的话题。

"如果真想找你表姐做媳妇的话,你必须得回学校读书啊。"

"我不读书就不行吗?"

"你看,我可是单身一人,还没有媳妇呢。"

"你要是和我表姐谈对象,今天我就不让你进村。"

大毛说着就拽住了志远的胳膊。

村长说:"你干什么,大毛?"

村长一声吆喝,大毛不再拽了,侧过身,他放声唱着:"春季放牛河边走,草木发芽吃不够。一阵春风拂面过,忙啃地皮不抬头。夏季放牛不用愁,青草绿叶处处有。牛郎叫妹乘凉去,牛儿不时回回头。秋季放牛荒坡走,枯草黄叶嚼出油。妹叫牛郎帮把手,牛儿慢嚼乐悠悠。冬季放牛雪盖头,牛吃枯草我搓手。燃堆山火烧洋芋,牛儿有心四处游……"

志远一边听大毛唱歌,一边用相机对着眼前的风景"咔嚓咔嚓"地拍个不停。

志远问:"这是什么歌?"大毛撇撇嘴说:"《四季放牛歌》都不知道,你还当老师呢。"

志远打趣地说:"你只会唱啥放牛歌,不会读书看报啊。"

大毛"啧啧"地咂咂嘴,斜瞅一眼志远,把脸转向一边,不再说话了。

到了学校,志远去找槐花老师商量,让大毛返校读书。

大毛见志远去找槐花，十二分不高兴。

志远去了大毛家，找大毛的爷爷老张叔商量。

老张叔感动地说："我家八辈子没出过一个读书人，有你帮忙，那是大毛几辈子修来的福气。"

老张叔揪着大毛的耳朵，让他去学校，可大毛使劲往外挣。老张叔左脚一抬，右手一拽，大毛被撂倒在地。

"老师上门请你读书，老爷子都想通了，你还有什么想不通的？"老张叔在大毛的脑门上戳了几指头，气愤地数落着。

志远对着老张叔挤了挤眼睛说："只有读书，你才会使用相机，你才配找槐花做媳妇。"

大毛用眼睛剜了一眼志远，心里嘀咕道："你敢找我爷爷告状？我不会放过你。"

志远劝老张叔："您别打他，让我跟他好好谈谈。"

大毛气呼呼地说："爷爷，他来当他的老师，我没意见，可他分明是来抢我的媳妇嘛。"

老张叔一记耳光扇过去，歇斯底里地骂着："你不去学校读书，倒想讨媳妇？"

大毛没有哭，一个劲地喘着粗气，咬咬牙，气鼓鼓地说："槐花姐亲自说过，等我长大了就嫁给我。再说，我妈跟大姨说过，我长大了要娶槐花姐。你不信，去问她们。"

老张叔叹着气说："我儿子怎么会养出你这样一个犟种，大人开个玩笑也当真。"

志远说："你还小，就算订了娃娃亲，长大了也可以找别的姑娘当媳妇的。如果你真想找槐花做媳妇，你必须回学校好好读书，将来考个大学，找份工作。否则，我真要和槐花处对象了。"

大毛看了看爷爷，又看了看志远说："你们大人就会骗人，老师硬和我抢，我就不客气了。"说完，他转身就往外跑。

老张叔气得直跺脚。

志远安慰老张叔："别急，你快去找找，万一他想不通，弄出个三长两短可就坏了。"

老张叔一脸的无奈，皱皱眉头，嘴里不停地骂着："唉，要不是他爸妈外出打工，我才不管呢。"说完，火急火燎地走了。

大毛跑到一棵槐花树下，像只蛤蟆一样，气鼓鼓地躺在地上，他自言自语："表姐怎么说话不算数呢，她会不会真的喜欢上了志远老师？"

大毛想了一会儿，一个翻身爬起来，一口气跑到槐花家，气呼呼地拽着槐花到了村后的小树林。

槐花问:"你把我拉扯到这儿干什么?"

大毛扬着脸,大声地说:"你是不是说过,等我长大了嫁给我?"

槐花说:"那是小时候我领你玩过家家的话,这你也当真?"

大毛不耐烦地说:"我不管,你说话要算数,我不读书,志远老师敢跟我抢,我就让他白刀子进去红刀子出来。"

槐花看大毛情绪很激动,连骗带哄地说:"你这个屁娃娃,如果不回学校好好读书,我一辈子不理你。"

大毛放开槐花的手,伸出二拇指死活与槐花拉钩,嘴里说着:"拉钩算数,一百年,不许变,谁变谁是狗。"槐花哭笑不得,无奈地"嗯"了一声,转身走了。

大毛怎么那么不懂事?我都高中毕业了,他还是个读小学六年级的孩子,我怎么可能嫁给他呢?小时候带他玩,逗他过家家,他却当真。这算咋回事吗?槐花想着想着,径直走到了志远住处。

"志远,你怎么跟一个孩子较劲呢?"

"我不是较劲,是故意用激将法,让他返校读书。那天我去找你,他当晚就砸了我的窗子,还偷偷往我宿舍里放老鼠。"

"大毛说，要他回来读书，除非我答应嫁给他，还硬逼我跟他拉了钩。"

"委屈你了……"志远正说着，房门"咯吱"一声被人推开了。

不知怎么，村长也来了，他对志远说："我算明白了，扶贫先扶智，你们放心，我一定让大毛跟其他孩子一样，放下牛鞭，回校上学。"

话音刚落，志远的手机铃声急促地响起。

"志远，你一去杳无音讯，手机号码也换了，当初，我只不过想激将你一下，你却当真了。我看了你写的报道，我按捺不住的心动，决定明天就来找你报到，和你一起决战半年。"志远的女朋友打来了电话。

志远吃惊地"啊"了两声，呆呆地一动不动。

"是你女朋友吗，是不是闹误会了？"槐花话才出口，脸上便出现了几朵桃花。

志远看着槐花，槐花看着村长，村长看着志远。三人伸出手，使劲地攥到了一起，随后开心地笑了笑，那笑声惊动了天空的星星。

为爱而生

秋高气爽,心潮翻滚。方芳坐不是,站不是,在家里转来转去,咬咬牙说:"爸爸,妈妈,明天就要离校了,听说云南是个好地方,我想去那儿找工作。"

爸爸说:"云南那么远,你去干啥?"

妈妈说:"你可是俺家的独苗呢,你去了,我们咋整?"

方芳十分认真地讲述了与韩冰的相恋。她坚定地说:"我喜欢云南,认识了韩冰,他虽然生在农村,家庭条件差,可他本分聪明,品学兼优,帅气英俊,我有一种非他不嫁的念头。"

妈妈听后,黑伤着脸,非常严肃地说:"宝贝,你傻不傻,凭你的条件,咱郑州城比他优秀的小伙子多着呢,我和你爸不会同意的,你死了这条心吧!"爸爸在一旁点了点头。

方芳长这么大,还是第一次遭到父母的严词拒绝。

方芳顾不了那么多,根本听不进父母亲的劝阻,决定跟韩冰前往云南。她搓搓手,拨通韩冰的电话说:"你爸的病很严重吗?你在车站等我。"

深夜两点,爸妈正睡得香甜。方芳留下一张纸条,偷偷走了。

方芳高兴地来了,韩冰反倒有些犹豫,满脸的愁云。他想,领方芳回家,爹妈面前如何交代?父母说媒的事咋整?

火车上,韩冰很少说话。方芳好生兴奋,一会儿问这,一会儿问那。韩冰只说,好好休息,一会儿就到了。十几个小时的火车抵达云南源县,两人在火车站草草吃了一碗米线,改乘面的来到源县水乡。

"表弟,我都等了两个多小时了。"安然见韩冰来了,忙着上去迎接。出乎意料的是,韩冰旁边还有一位姑娘。安然左瞅瞅、右瞧瞧,心里嘀咕着,韩冰啊韩冰,怎么敢把女孩往家里领呢?安然暗暗说服自己,千万别说漏嘴。韩冰的父母四年前为韩冰说媒了,那时韩冰还在上高三呢。你胆子可不小啊,这不是吃在碗里看着锅里的吗?

三人大包小包提着,一路翻山越岭,急匆匆赶往水乡坡上村。韩冰迟疑迟疑的，方芳却毫无顾忌，忽而牵着韩冰的手，忽而吊着韩冰的肩膀。安然有些尴尬，说话也插不上嘴。

日落西山，天色渐暗。安然看着方芳疲惫不堪的样子，自编歌词，哼起了山歌调："坡上风光无限好，光棍小伙可不少；若想娶个好媳妇，除非搬到城里住。"

方芳"咯咯"地笑了，随口问："安然，你成家了吗？"

韩冰忙说："安然哥是本省师范大学毕业的免费师范生，去年直接进了源县一中。他和我是发小。"又看看方芳，告诉安然，她叫"方芳"。

方芳会意地笑了笑，说了声："表哥好！"

安然也笑了笑，说了声："方芳好！"接着自我介绍："不怕你笑话，家里穷，上大学时没谈过恋爱，父母也没帮俺说媒，至今寡人一枚。"

韩冰指指前面的小山说："方芳，我们这儿交通闭塞，还要爬上前面这座小山，才是我们坡上村。"

安然打趣地说："我们是住惯了的山坡不嫌陡，方芳可要有思想准备呢。"

方芳抬头看着韩冰说："关键看你了，我是既来之，则安之。"

韩冰看着方芳，傻傻地笑了笑。

黑夜笼罩的坡上村，特别单调。

晚风吹散了方芳一头乌黑的秀发，却怎么也吹不散她急切的心思。她想，韩冰的家到底啥样？韩冰的父亲到底病得如何？

来到韩冰家，看到韩冰的父亲躺在床上，气色一般，偶尔咳几声，其实并没有韩冰说得那么严重。方芳拉着韩冰的手，含情脉脉地说："你可把我吓坏了，知道我有多担心吗？"

韩冰的父亲看看方芳，又瞅瞅韩冰说："姑娘，你回避一会儿，我有话跟冰儿说。"

父亲反复说："你王叔那边催得紧，毕业了，就回来把婚事办了，免得夜长梦多。"

韩冰心里清楚，他故意说父亲病重，选择乘夜车，想摆脱方芳的跟随，可万万没有想到，方芳会深夜离开父母，非要随他回老家。

安然看着韩冰犹犹豫豫的样子，有意在他背上敲了两下，说："冰弟真有福气，运气来了挡都挡不住，不过，要好好掂量掂量啊。"

韩冰还没回过神来,妈妈叽叽咕咕地嚷着:"儿子,你是咋搞的,过来,妈跟你说。"话音未落,一把拽着韩冰的袖子,去了门外。"儿子,你咋个带个姑娘回来了,妈帮你张罗的亲事咋交代啊?"

韩冰勾着头,小声地说:"你说我咋整嘛,人都来了。"

妈妈扯扯韩冰的衣袖说:"儿啊,你可要想好了啊,你王叔是煤老板,有钱人家的姑娘难找啊!你王叔说,姑娘也同意,你回来就把婚事办了,这样的好事哪里去找啊!像我们这样的家庭,如果你不上大学,人家哪看得上你?王家姑娘虽然没上过大学,但她勤快善良,人又长得好看,对我们也很好。在你上大学期间,她们家可没少帮咱们家啊,你别不懂事啊。"

韩冰心事重重,不敢说话。妈妈眉头一皱,咂一下嘴,叹着气回了屋。

三天后,韩冰的母亲心脏病复发,住进了水乡卫生院。

韩冰心里一直像压着块大石头,心里闷得慌。他傻傻地认为,母亲的病与自己带回方芳有关。

方芳说:"韩冰,你那么辛苦,我心里难受,还是我替你去医院照顾娘吧。"韩冰一反常态地说:"啊,你还真把自己当儿媳了？"

方芳看着韩冰那张严肃的脸，不像是开玩笑，迅速掩饰尴尬，噘着嘴，假装生气地说："呵呵，你还开人家玩笑呢。"

"没有开玩笑，你知道母亲的心脏病为什么会复发吗？我们全家人都反对我俩处对象，他们都说你是个麻烦、扫把星，自从你决定跟我回老家起，先是父亲生病，跟着母亲住院，你不是扫把星是啥？"韩冰说出了家人的心声。

"和我一起过日子的人是你，不是你的家人，你懂吗？"方芳反问韩冰。

"我什么都懂，现实摆在面前，我有什么办法呢？要不，我俩的事往后再说吧！"韩冰生气地敷衍着方芳，但又不敢把父母说媒的事挑明。

听了这句话，方芳脸色灰暗，歪歪斜斜走出房间，抱着头蹲在院子里，捂着脸，自言自语地说："怎么会这样呢，老人生病与我有关系吗？"

过了好半天，六神无主的韩冰见方芳眼角闪烁的泪光，伸手在方芳眼角轻轻擦拭着说："我想不通啊，我到底要咋办才好？"

方芳没吭声。韩冰转身去了医院。

晚上,方芳一个人待在家里无聊,自作主张,去了医院,刚走到病房门口,无意间听到韩冰和姐姐的对话。

"我和方芳只是同学关系,我怎么会和一个外地人结婚呢?妈妈不是帮我张罗了吗?"韩冰说。

"那你为何还带她回来呢?"姐姐反问着。

"她说她喜欢云南,要来我们这儿找工作。大学四年了,我们相处很好,我能拒绝吗?"韩冰申辩着。

方芳举到半空的手,突然僵住了,非但没有敲门,反而立即收回脚步,拔腿就往回走。

深夜,方芳躺在床上,翻来覆去,怎么也睡不着,韩冰的话如沸水中的饺子,翻滚沉浮,一刻也不消停。鸡已叫了头遍,她依然头昏脑涨,无法入睡。一次次深呼吸,强迫自己数数,数不到二十,思绪就游离了。一会儿是父母语重心长的劝说,一会儿是他俩相爱的所有细节。最难抹去的还是韩冰与他姐姐的对话,似乎一声比一声大,仿佛在房间回荡。

这一夜,多么漫长。

天亮醒来,方芳眼圈红肿。她走出房屋,环顾四周,思绪万千。一座座光秃秃的小山,鸟不拉屎的坡上村,怎么就容不下纯真的爱情呢?

方芳陷入了沉思。那是在学校第一次见面,韩冰帮她提行李,方芳很感动。韩冰高挑的个儿、可爱的笑脸,给方芳留下了深刻的印象。日久天长,你来我往,两人相爱了。

方芳这样想着,精神几乎崩溃,见韩冰回家,她貌似镇定,假装骨气,一副大耳不睬的架势。

韩冰在方芳身边坐下,偏着头,像似深情地求方芳:"我姐指明要你去医院陪护娘,你去吗?"

方芳翻着白眼看着韩冰,问:"真的吗?"

韩冰笑着说:"我还会骗你吗?"说完,倒在床上呼呼大睡。

方芳去了医院,在监护室门口寸步不离地守候着韩冰的母亲,什么蚊子叮、虫子咬,死亡病人家属的号啕大哭声,搅得她昼夜难眠。

母亲睁开眼的一刹那,见到方芳,眉头一皱,上气不接下气,拼命挣扎。

韩冰、韩冰的姐姐、韩冰的父亲急速赶到医院。

医生说,老人可能受到什么刺激了。

无论怎样抢救,最终没能挽回韩冰母亲的生命。

善良的方芳不敢相信自己的眼睛,怀疑自己是不是听错了,好好的一个大活人,怎么说没就没了呢?眼泪止不住地流了出来。自言自语地责问自己,怎么那么不待老人喜欢呢?

韩冰的姐姐却十分淡定地说:"不许哭,死的又不是你娘。要不是你的出现,我妈会没了吗?"

方芳十分纳闷。

第二天早上,吊丧的亲朋好友齐聚韩家。方芳无意间看到一个容貌俊美、青春靓丽的女孩在韩家忙前跑后。

村里人都知道这是韩冰的未婚妻。几个老奶奶凑到一起,你一言我一语。

"这个韩冰,不是早就跟王家定亲了嘛,还带个姑娘回来?"

"王家姑娘怎么了,人物长得俊俏,爹是煤老板,家里又有钱,在我们农村,打着灯笼也难找啊!"

"你看看小王多勤快,三天两头往韩家跑,韩家老两口多亏人家照顾。"

"这个韩冰,就是个陈什么美来着?读个大学就忘恩负义。"

"这个方芳不就是多读了几天书吗?还大学生呢,笨手笨脚的。"

"什么大学生,简直就是一个灾星,她的出现,韩家人病的病、死的死,说不定对村里人都不利,叫我说,早该把她撵回去了。"

方芳听到村人在议论,鼻子一酸,眼泪禁不住掉了下来。方芳握紧拳头,较较劲,暗暗鼓励自己,小不忍则乱大谋,在这大庭广众之下,千万不能做出让人耻笑的傻事来。

方芳生长在郑州城里,云南的乡村风俗一窍不通。她问韩冰:"是不是自己也要穿孝服?"没等韩冰开口,韩冰的姐姐在一旁大声吼着:"你算哪根葱,凭什么穿孝服?滚一边去,还轮不上你。"可怜的方芳愣住了,像丈二和尚摸不着头脑。

方芳从小到大一直是爸妈的掌上明珠,哪里受过这么大的委屈。今天做梦也没有想到,韩冰的姐姐竟然当着那么多亲戚朋友的面,对她大吼大叫。

方芳忍无可忍,当着众人的面,拉着韩冰的手问:"你告诉所有的亲戚朋友,我是不是你女朋友?你今天一定要给我一个说法。"

韩冰无奈地挣脱方芳的手,抱着头蹲在地上喘粗气。

安然借机给方芳使了个眼色,小声地说:"方芳,外面有人找你？"

方芳看着韩冰痛苦的样子，回心一想，给他个台阶下吧。于是跟着安然来到一个没人的地方。

安然小声地说："韩冰和你是大学四年的同学，你们相爱很正常，可是他的家人不接受你也正常，农村人就那么现实，只认定亲在先这个死理，你一定要沉得住气啊。"

安然看着方芳伤心的样子，抓抓头、咂咂嘴，心里嘀咕着，这个韩冰，到底葫芦里卖的什么药，右手像是在裤兜袋摸什么，但啥也没拿出来。忍了忍，继续安抚着方芳："你一定要坚强坚强再坚强，相信韩冰会有办法的。"

方芳不甘心，到底如何是好？她闭上双眼，面对苍天默默自语："苍天啊，知我者，父母也。我难道真的错了吗？"

秋天的坡上村，死一般的寂静。方芳的手机突然响了。她不耐烦地斜眼一瞟，突然眼前一亮，高兴地叫出"妈妈"二字，按下接听键。妈妈说："小芳，在那边过得好吗？有困难就跟妈说，如果韩冰对你不好就回来。"

方芳抹一把眼泪，忙笑着说："没事没事，好着呢。"

电话那头，听到爸爸抢着说："闺女，照顾好自己啊，离爸妈那么远，也不知道你过得咋样，如果遇上什么难事，记得跟爸说啊。这傻闺女，说走就走了，也不怕我们难过。"

方芳一个劲地应着："爸，好着呢，好着呢，你和妈也要照顾自己啊。"

爸妈的电话勾起了方芳的思念之情，方芳不敢声张，不敢诉苦，强忍着不堪的泪水往肚里咽。

午饭安排在理事会。亲戚朋友挨挨挤挤，满满的十几桌。那个俊俏女孩紧挨着韩冰的姐姐坐，方芳走近她们，故意问韩冰的姐姐，这位姑娘如何称呼？

韩冰的姐姐撇撇嘴，气愤地说："咋了？她是我弟的未婚妻小王，你想咋整？"

方芳笑笑，很有礼貌地朝小王打了个招呼，转身对韩冰的姐姐说："小王算韩冰的未婚妻，我算啥呢？"

小王屁股一甩，满脸通红地说："我有媒说在先，不是厚脸皮的自来婆。要不是冰哥他妈出事，现在就是我们成亲的日子了。"说完，赌气走了。

韩冰和姐姐看到小王走了，姐弟俩神情激动，大眼瞪小眼。韩冰的姐姐指着方芳大骂："什么东西？一点人情世故都不懂。"

韩冰看了一眼方芳，拔腿追上小王，拉着小王的手，贴着耳朵。

方芳见此情状，转身走了。

韩冰回到家，见方芳躺在床上，阴沉着脸。韩冰没好气地大声吼着："方芳，谁给你的胆，我和小王是父母定的亲，她不是还没过门吗？她既然来了，跑前跑后帮忙做事，你凭什么把她骂跑了？"

"韩冰，谁跟你瞎胡扯的，我骂她了吗？"方芳掀开被子，一骨碌坐起。

"我姐姐还会骗我吗？"韩冰继续质问着。

方芳知道是韩冰的姐姐在韩冰面前添油加醋，自己有口难辩，跳进黄河也洗不清，十分委屈地拨通韩冰的姐姐的电话，哭泣着说："姐，你为什么跟韩冰撒谎，说小王是我骂走的？"

韩冰的姐姐在电话那头骂骂咧咧地说："你没骂她，她会走吗？你还好意思质问我？"

韩冰的姐姐的电话还没挂，韩冰气眼看着方芳，猛不防地在方芳脸上掴了一巴掌，接着又是拳打脚踢，方芳当场晕倒在地。

韩冰的姐姐见势不妙，急忙报警，说方芳是诈骗犯。

110的警察来到现场，迅速将方芳送往医院。随后，带走韩冰。

韩家乱成一锅粥。韩冰的煤老板岳父看韩冰被带走，当场提出悔婚，说他家丢不起那个脸，但丢得起这些年资助韩家的十几万元钱。

方芳在医院睡了两天两夜，醒来的时候，发现陪伴的人竟然是安然。

安然关切地说："方芳，你可醒过来了？真把我吓坏了。"

方芳激动地说："谢谢你，安然哥，你是这儿唯一会帮我的人了。麻烦你再陪我几天，万一韩冰……"

安然说："没事的，他还在派出所关着呢，我去看过他了，他的状况还好，只是情绪有些低落。"

方芳听了，心思反倒有些沉重，始终高兴不起来。出院后，在安然的陪伴下，直接去县城住进了宾馆。

韩冰的姐姐或许良心发现，或许贪欲未泯，每天得不得拨通方芳的电话，又是赔礼又是道歉，一阵哭泣，一阵恳求："只有你出面，韩冰才能放出来啊。"

方芳哼了一声"关我屁事"便挂了电话。

韩冰的姐姐倒打一耙，再次拨通方芳的电话，歇斯底里地吼叫着："你如果不原谅韩冰，你要补偿我家一万元食宿费。"

方芳蒙了，挂了电话，好气又好笑，难以抑制的泪水流了下来，她蹲下身子，双手捂脸，大哭了一场。

安然掏出银行卡，告诉方芳："我这儿有两万块钱，你先用着，密码发在你手机上，明天我领你去问问考试结果公布了没有，别的就不用多想了。"

方芳也不想与韩家再有瓜葛，只想快刀斩乱麻，一了百了，上岗才是关键。她看看安然，使劲地点了点头。

第二天，安然来宾馆接方芳。

正准备出门，方芳接到了县教体局人社科的电话。

方芳急切而激动地报告妈妈，哽噎着脖子说："妈妈，我被源县一中录用了，这儿挺好的，气候环境都不错，像进氧吧一样，请爸妈放心，我安顿好后，就请你们过来享受享受。"方芳怕妈妈听出端倪，说完便挂了电话。

方芳心里跟明镜似的，为了爱情，抛下父母，来到云南，只能往前走，决不后退半步，何况源县是个好地方。

安然递过餐巾纸，方芳擦了一把眼泪，不自觉地拉起安然的手说："安然哥，谢谢你，我明白了一个道理，撕破了亲情，就等于撕破了爱情的保鲜袋，爱情将腐烂变质。"

安然说："傻妹妹，凡是没有建立在事业之上，没有亲情保护的爱情，都没保障。不过，咱源县是个留人的好地方，你和韩冰的相爱，虽然残酷，但能长久。"说完，从裤兜里掏出一封信，双手递给方芳说："这是韩冰给你的信，你认真看吧。"

方芳：

你是我今生今世的唯一，永远不会改变。我骗你哄你，对你大吼大叫，甚至拳打脚踢，你却不离不弃，我的心像刀剐一样疼痛。我不这样做，王家人瞧不起我，村里人更瞧不起我。甚至他们会骂我忘恩负义。因为王家人有钱有势，我上大学时，他们家没少帮助我及我的家人。我不出此下策，母亲就难以入土为安，甚至我会被强迫跟小王结婚，请你理解我的无奈苦心。把你交给安然哥看着，我是放心的。另外告诉你一个好消息，毕业前，我给源县一中投过简历，当时回过一次老家，其实就是到源县一中面试，校方当时就同意录用我了，我一直不敢告诉你。现在母亲走了，我和王家一定会有个交代，和坡上村人有个交代。当你看到信的时候，就是你被录用的时候，如果你还相信我，那就麻烦你带着一份原谅书来派出所接我，我当面给你赔礼道歉，任你打骂。委屈你了，方芳，对不起啊。

爱你的冰冰

看完信，方芳愣住了，身体僵直，全然失去了知觉，双眼直勾勾地盯着安然，眼泪像弹珠似的，一颗一颗往地上掉。

方芳的手机响个不停。

安然笑笑："方芳，接电话吧，别傻站着了，还有很多事等着你去做呢。"

后　记

小说集《芝麻那点事》正式出版了，我感到由衷的高兴！这不仅仅是一本书的诞生，更是我多年创作心血的结晶，是我对家乡、对生活、对人性的深情告白。书中记录的那些芝麻小事，再现着生活的点点滴滴，讲述着看似平凡却又充满人性光辉的故事，它们就像一颗颗散落犄角旮旯的小珍珠，看似毫不起眼，却串联起了我们人生最真实、最生动的模样。因为我知道，这些故事不仅仅是属于我的，更是属于每一个热爱生活、关注人性的读者。

该书的正式出版，我要向李晓玲老师表达我最深切的感谢！从小说集的构思到最终出版，晓玲老师始终给予我全方位的支持和帮助，每一个环节都亲力亲为，确保了书籍的顺利出版。更难能可贵的是，她还为我的小说集作序，用她细腻的笔触介绍了我的创作历程和小说集的内容，让读者能够更加深入地了解我和我的作品。同时，我也要向北方文艺出版社的三审编审们致以崇高的敬意！他们以严谨的态度甄别选稿、严格审稿、认真校稿，确保了每一篇小说都达到了出版标准。他们的辛勤付出和无私奉献，让我的小小说集以更加完美的姿态呈现在读者面前。此外，我还要感谢所有参与这本书编辑、设计、排版和印刷的工作人员。他们的每一个细节都充满了匠心独运，因为他们的用心编辑、精心设计、规范排版、规格印刷，小说集才更加精致，更加大气。

小说创作源于生活而高于生活，它是作者情感的体验，生活的提炼、价值的再现、责任的担当。我之所以结集出版《芝麻那点事》，是因为我的内心有着对家乡的无限情思，对教育事业的无限热爱。我的家乡在富源县大河镇白岩村委会芝麻炭村，那里的一草一木、一山一水都深深地烙印在我的心中。家乡的风土人情、邻里关系、家庭琐事等都为我提供了丰富的创作素材。同时，我的工作经历也是我创作素材的重要来源。我从事教育教学及研究工作近40年，从教师到校长，从乡下到县城，从学校到机关，经历了许多的人生风雨和世事变迁。这些经历，让我更加深刻地理解生活的真谛和人性的复杂，为我的创作提供了更加广阔的视野和更加深刻的思考。小说中塑造了许多生动的形象，如《羊老倌》中的羊老倌、《真情流露》中的豆花、《张老师选婿》中的张老师等。这些形象都是对现实生活中的人物进行艺术加工而创作的。他们既有生活的真实感，又有艺术的感染力，让读者能够从中看到自己的影子，感受到生活的酸甜苦辣，更加深入地思考人生、思考社会、思考人性。小说描绘的许多小人物、小事件，它们看似微不足道，但却蕴含着人性的共性，揭示了生活的真谛，展现了人性的光辉。作为一名作家，有责任通过自己的作品传递正能量，弘扬真善美，引导读者树立正确的价值观念。我相信，只要用心去创作，用爱去传递，就一定能够让作品滋润每一位读者的心田，为社会带来更多的正能量。

该书收集小小说76篇，这些作品大多创作于2016年至2019年。在创作过程中，我时时感到：生活气息扑面而来，爱恨情仇跃然纸上。首先，我力求做到小说语言优美自然，亲切和气。尽量用个性化语言表达人物的情感，让读者能够感受到我的真诚和亲切。同时，我也注重语言的节奏和韵律，让读者在阅读过程中体验美的享受。其次，注重故事情节的精巧构思和精心设计，让情节一波三折，既在情理之中，又在意料之外。同时，注重情节的合理性，让读者在阅读过程中感受到生活的真实和自然。最后，我的小说人物既像又不像，共性之中有个性，尽量以一种亲切的画面感展现在读者面前，无论从形象、视觉、听觉的任何一个角度，让读者在短时间内能领略到文学的魅力，体悟愉悦，产生共鸣，心灵向善，行动向上。

小说的创作过程，也是我重新审视生活的过程。每一件小事背后，都藏着生活的智慧与人生的感悟。那些偶尔的烦恼，提醒我们要去调整心态；那些微小的快乐，似点点星光，照亮平淡的日子。我希望通过这些文字，能让读者与我一样，在这些芝麻小事里看到生活的本真面目。生活还在继续，芝麻小事也依然会不断地出现在我们身边。愿我们都能带着一颗善于发现的心，把每一件小事当作生活给予的独特礼物，从中汲取力量，让未来的日子，哪怕依旧平凡，却也处处充满值得回味的美好瞬间，愿生活中的那些芝麻小事，都能成为我们幸福的注脚。希望通过我的作品，能够让更多的人感受到生活的美好与真谛，感受到人性的光辉与力量。

出书不是为了出名，而是一种心灵慰藉。该书的出版，对我来说是一个新的起点。我希望能够与广大读者进行更加深入的交流和学习，不断提高自己的创作水平和艺术修养，创作出更多更优秀的作品！

创作永远在路上,艺术缺憾在所难免,恳请行家及广大读者批评指正!